国家社科基金重大项目「历代词籍选本叙录、珍稀版本汇刊与文献数据库建设」（16ZDA179）

深闺

夜

断魂

君知否

温存

乌衣

回首望

，

名家撷芳 | 陈斐 主编

范烟桥＼编选
蒲宏凌
陈斐＼整理

销魂词选

江西教育出版社
JIANGXI EDUCATION PUBLISHING HOUSE
·南昌·

赣版权登字-02-2023-145

版权所有 侵权必究

图书在版编目（CIP）数据

销魂词选 / 范烟桥编选；蒲宏凌，陈斐整理. ——
南昌：江西教育出版社，2024.8
（名家撷芳 / 陈斐主编）
ISBN 978-7-5705-3561-3

Ⅰ.①销… Ⅱ.①范…②蒲…③陈… Ⅲ.①词(文
学)-作品集-中国-近代 Ⅳ.①I222.85

中国国家版本馆CIP数据核字（2023）第012385号

销魂词选

XIAOHUN CIXUAN

范烟桥 / 编选　　**蒲宏凌　陈　斐** / 整理

江西教育出版社出版
（南昌市学府大道299号　邮编：330038）

各地新华书店经销
江西赣版印务有限公司印刷
787毫米×1092毫米　　32开本　　14.25印张　　260千字
2024年8月第1版　　2024年8月第1次印刷

ISBN 978-7-5705-3561-3
定价：72.00元

赣教版图书如有印装质量问题，请向我社调换　电话：0791-86710427
总编室电话：0791-86705643　　编辑部电话：0791-86705903
投稿邮箱：JXJYCBS@163.com　　网址：http://www.jxeph.com

总序

　　小时候，在课堂上听老师憧憬共产主义社会，最神往心醉的是：在这个社会中，每个人都可以得到自由而全面的发展，以往人们被分工压抑的才华和爱好将得到尽情释放。人们有可能"凭自己的兴趣今天干这事，明天干那事，上午打猎，下午捕鱼，傍晚从事畜牧，晚饭后从事批判"。

　　而随着科学技术的发展，特别是人工智能的突飞猛进，机器可以替代人做越来越多繁重重复、创造性不高的工作，人的生存成本大大降低，逐渐有足够的时间可以投入自己感兴趣的活动。职是之故，社会上喜欢并探究哲学、史学、文学、医学、艺术、宗教等领域的朋友越来越多，而且越来越年轻化。我们不用像父辈或祖辈那样，只有等到退休，才能重温被生计压抑多年的"少年梦"。

这是社会进步、生活水平显著提升的标志。心理学家马斯洛将人的需要从低到高划分为生理、安全、情感与归宿、尊重、审美、自我实现等层次，认为人只有满足了低层次的需要，才会重点关注高层次的需要。这个洞见揭示了大多数人通常状态下的心理特点，颇为深刻！爱好、梦想往往是超功利性质的，与自我实现密切相关，而且通向生活幸福、人生意义等终极命题。今天，国人越来越有闲暇发展爱好、实现梦想，确实是值得大书特书、可喜可贺的事啊！

不过，"鹪鹩巢于深林，不过一枝；偃鼠饮河，不过满腹"（《庄子·逍遥游》），我们即使富可敌国、随心所欲，也难以尝尽天下所有的美食、赏尽世上所有的风景、读尽人间所有的书籍。姑且不论时间、精力有限的我们根本做不到，即使做到了，也可能觉得有些美食、风景、书籍不过尔尔，当不起我们的尝试。诚然，今天的美食家、资深驴友可以为大众推荐美食、风景的榜单，但是书籍怎么办？回望历史，古人早已想到了弥补这种遗憾的妙招——那就是编辑选本。心有同好，口有同嗜，那些由在相关领域精耕细作、识高见卓的名家泰斗编选，又经过一代代读者阅读检验的经典选本，往往能够"删汰繁芜，使莠稗咸除，菁华毕出"（《四库全书总目提要》卷一八六）。阅读这些著名选本，可以使我们更高效、更直接地享受该领域的精华成果。

本丛书即致力于整理名家泰斗编选、评注的经典选本。鉴于当前对诗词、国学感兴趣的朋友比较多，拟先从这些领域做起，逐渐拓展开来。

亲爱的读者朋友们，如果这些由名家赏鉴、采撷的一束束幽芳，有助于唤回您粉红的"少年梦"，让您感受到人间值得、山河大好，那我们就心满意足了。

是为序。

陈斐

壬寅霜降前二日于京华乐闲堂

前言

近代以来，随着妇女解放思潮的蓬勃兴起，女性词及女性文学也受到瞩目。范烟桥编选并评点的《销魂词选》[①]，即是晚清民国时期涌现出来的十余部女性词选中最有特色的佳构，至今仍有重要的学术与普及价值。

范烟桥（1894—1967），名镛，笔名有含凉、鸥夷、愁城侠客等。江苏吴江人。早岁就读于草桥中学，后入东南大学学习，毕业后从事桑梓教育工作。1922年迁居苏州，任教于东吴大学。抗战期间避居上海，以教书、写作为生。1949年后，任苏州文化局局长、博物馆馆长。为近现代苏州派作家群的代表作家之一，

---

① 关于此书，目前仅有一些提要式的概论，参见仇俊超：《范烟桥〈销魂词选〉考论》，《光明日报》2020 年 6 月 22 日；孙克强等：《历代词选研究》，北京：社会科学文献出版社，2021 年，第 263—268 页。

曾发起同南社、青社、星社等社团，系南社成员，创办过《同南社社刊》《星报》等报刊。广泛涉猎诗、文、书、画、小说、弹词创作和小说史研究等，尤以小说和电影剧本创作、改编名重一时。著述宏富，作品载于《小说月报》《小说画报》等，成书者有《孤掌惊鸣记》《中国小说史》等。生平见其自编年谱《驹光留影录》等。

范烟桥擅长诗词，著有《待晓集》《敝帚集》《北行杂诗》等诗集以及《鸥夷室诗话》《无我相室诗话》和《学诗门径》，辑有《同川诗萃》《销魂词选》。其《驹光留影录》民国"二十二年（公元一九三三年）四十岁"条载，"写《学诗门径》，辑《销魂词选》，中央书局出版"①。按，《销魂词选》版权页所署出版者正是"上海中央书店"，所题出版日期为"民国二十三年八月"，而卷首《序言》落款则云"烟桥写于《珊瑚》编辑室，二十二年五月"。可见，《销魂词选》成编于1933年5月，由上海中央书店次年8月初版。编书时，范氏正主编《珊瑚》半月刊②，同时还撰有《无师自习作诗

① 范烟桥：《驹光留影录》，《苏州史志资料选辑》1990年第1辑，第45页。
② 《驹光留影录》民国"二十一年（公元一九三二年）三十九岁"条载，"与书肆小说林主人叶振汉合办《珊瑚》半月刊，余主编，月出两册……历两年而止"（《苏州史志资料选辑》1990年第1辑，第45页）。

门径》（上海中央书店1933年5月初版），主要介绍旧体诗创作的入门知识，附带谈论新诗作法。

一、从《销魂词》到《销魂词选》

范烟桥编选《销魂词选》时，应对前人编纂的女性词选有所借鉴、取材。特别是友人毕振达编《销魂词》[①]，在书名、编选标准、选篇等方面都对其选有所影响。

毕振达（1892—1926），又名倚虹，笔名有娑婆生、春明逐客、天哎楼主人等。江苏仪征人。曾随父进京，捐得兵部郎中等官职。1911年，被新任新加坡领事陈恩梓延揽为随员，赴任途中，道经沪上，遇武昌起义，遂入中国公学学习法政，毕业后任《时报》《上海画报》等报刊编辑。以小说创作名世，著有《人间地狱》《清宫谈旧录》等。曾入南社，兼擅诗词。

---

① 张潆文《〈缩春楼词话〉与〈销魂词〉词学思想考论》（马兴荣等主编：《词学　第四十八辑》上海：华东师范大学出版社，2022年）以毕振达编《销魂词》与其夫人杨芬若编《绿窗红泪词》（已佚）在成编时间和选词数量、标准等方面相近，推断两者应为同一部书，极有可能是二人合编；并指出，由杨芬若署名发表的《缩春楼词话》在成书背景、选人选词和词学思想等方面，也与《销魂词》极为相似。然据包天笑回忆，杨芬若署名发表的作品，极有可能为毕振达捉刀（包天笑著，刘幼生点校：《钏影楼回忆录续编》，太原：山西古籍出版社、山西教育出版社，1999年，第638—639页）。

《销魂词》为辛壬之际毕振达初居上海时所编，由其自印——版权页所署“天觊楼”为毕氏斋名，“甲寅（1914）七月二十日初版”。卷首首列“民国三年元月泾县朴安胡韫玉”所作《销魂词序》，次为毕振达“壬子（1912）二月”成编后“自记”，云：

辛亥秋末，避地沪壖。楼居近乡，门鲜人迹。烧烛夜坐，意殊寂然。展读南陵徐积馀丈所刊有清一代《闺秀词钞》，每至词意凄惋，几为肠断，往复欷歔，不忍掩卷。暇尝摘诸家词中之芳馨悱恻、哀感顽艳者，写成卷帙，以供吟讽。类多伤春怨别之辞，共选词凡九十五家，二百三十四首。昔杨蓉裳之序容若词，谓为“凄风暗雨、凉月三星，曼声长吟，辄复魂销心死”。兹编所甄录者，其凄艳处往往仿佛《饮水》，爰以“销魂词”题名，后之读者，其亦黯然有蓉裳之感与。壬子二月清明后三日仪征毕振达钞竟自记。

毕振达所谓“《闺秀词钞》”，为徐乃昌（1869—1943，字积馀，斋名积学斋、小檀栾室等，安徽南陵人）所辑刻。清光绪二十一年至二十二年（1895—1896）^①，徐氏曾辑刻《小檀栾室汇刻闺秀词》十集，每集十种，凡收"闺秀词人百家（除第十集所收沈宜修、叶纨纨、叶小鸾为明代词人，其余九十七家皆为清代词人），词集一百零二种（其中吴藻、许德蘋分别收录两种词集）"^②。词坛大家王鹏运、况周颐、金武祥为序，王以敏题词。后徐氏"又仿《元诗癸集》之例"，辑"词之丛残不成集者"（王鹏运《小檀栾室汇刻闺秀词序》），合为《闺秀词钞》十六卷补遗一卷，始刊于清宣统元年（1909），凡录词人五百二十一家，词作一千五百九十一首。徐乃昌所编二书，基本囊括了有清一代著名闺秀词人词作；所收词人皆附小传，"姓名以次，注以字号、里居及诗词集名，其配偶之姓名、爵里可考者，亦并记之"（《闺秀词钞·例言》），这种体例为其后所出的《销魂词》《销魂词选》所继承。

毕振达《销魂词》系对徐乃昌所编二书的再选，亦以人系词。从前往后对勘可知，李佩金至缪珠荪依次选自《小檀栾室汇刻闺秀词》，后书陶淑下附郑莲《菩萨蛮》（春风二月江南路）一首，亦被选，但单独立目；张学雅至蒋□□依次选自《闺秀词钞》；其后的李道清一人又选自《小檀栾室汇刻闺秀词》；而以毕振达妻杨全荫殿尾（徐编未选杨氏）。可见，毕振达基本上是按由前往后阅览徐编二书的次序摘编《销魂词》的。他撷取徐编"诸家词中之芳馨悱恻、哀感顽艳者"，"凡九十五家，二百三十四首"，认为其"词意凄惋"，"多伤春怨别之辞"，读之令人"几为肠断，往复欷歔，不忍掩卷"。昔杨蓉裳序纳兰性德词，形容其阅读感受云："凄风暗雨，凉月三星，曼声长吟，辄复魂销心死。"毕振达觉得他所甄录的这些清代闺秀词，"其凄艳处往往仿佛《饮水》"，于是以"销魂词"题名，他相信读者读后，也会黯然"魂销心死"，受到极大感动和精神洗礼。

范烟桥与毕振达为文字知交。二人初识于1922年[①]，此后多有文事往还。1926年，毕因病早逝，范撰《呜呼倚虹》一文以悼，情词颇为恳切。1946年4月28日，他又在《前线日报》发表《销魂词》一文，

---

① 烟桥《呜呼倚虹》："余始识倚虹，为民十一青社席上。"（《申报》1926年5月19日）

回忆好友的这部词选和自己的《销魂词选》：

> 亡友毕倚虹有一《销魂词》之楫（辑），
> 皆选女子倚声之隽妙者。出诸女子手笔，当
> 更动人心魄。余于民二十三年曾为襟亚所主
> 之中央书店辑《销魂词选》，较倚虹所辑为广。

由此可见，范烟桥编《销魂词选》，的确是受毕振达《销魂词》启发，后者是他重要的参考资料。范氏的编选标准，也与毕一脉相承，其《销魂词选·序言》说：

> 在男子为中心的社会里，男子所作的词，
> 男子的词里所发泄的热情，是虚伪的，是粉
> 饰的，是勉强的。深刻的说一句，多少总含
> 有一点侮辱性的。我们要寻觅真的热情，非
> 到富有情感的女子的词里去找不可！女子在
> 男子中心的社会里，处处受男子的操纵、压
> 迫、欺骗、藐视。伊们有的是屈服，有的是
> 抵抗。无论是屈服，或者是抵抗，都应有一
> 种对于性的发泄。经过多愁善感的陶冶，自
> 然一字一句都是以回肠荡气了。所以，我所
> 选的女子词，题名"销魂"。秦观的《满庭芳》词：

　　　　销魂。当此际，香囊暗解，罗带轻
　　分。漫赢得秦楼，薄倖名存。此去何时
　　见也？襟袖上、空染啼痕。

销魂的意义，当然不只江淹所说的"惟别而
已矣"了。杨蓉裳序纳兰容若词：

　　　　凄风暗雨，凉月三星，曼声长吟，
　　辄复魂销心死。

这几句话，比较的可以认识得词的真意义。
我现在所选的词，当然是"销魂心死"的程
度，要比容若的词加上几倍。那么，这个书
名，题得还不算失当罢。

显然，范烟桥对命名缘由、编选标准的阐发继承了毕
振达之选，两人都认为所选的女性词具有感染力强
的"销魂"特征，而且都引用了杨蓉裳序纳兰性德词
之语。不过，范氏也有引申、发展。毕振达仅说他从
诸女性词中摘取了特别"销魂"的作品，范烟桥则结
合"五四"新文化运动后蓬勃发展的妇女解放思潮，
对所选女性词堪称"销魂"的原因及价值作了详细阐
发。其《销魂词选·序言》先从词的特质谈起，指出

词史上虽然也有"大江东去"之类悲歌慷慨的词，但毕竟不多，"繁声淫奏""侧艳"的儿女之情，才是词的普遍性质。词虽然因此受过一些人的抨击，但"终究得到春风的嘘拂，常在温馨的怀抱里滋荣着"。随后，他对男、女两性的词作了对比，认为在以男子为中心的社会里，男子在词中发泄的情感，"是虚伪的，是粉饰的，是勉强的"，"多少总含有一点侮辱性的"；而女性词则"有一种对于性的发泄"，而且"经过多愁善感的陶冶"，读来自然令人"魂销心死"，觉得"一字一句都是以回肠荡气了"。《销魂词选》所选，都是"作者最有真性情寄托的作品"，如"无题"类所选刘絮窗《行香子》云："柳色才匀，草色方新。怪东风、酿就离情。弦鸣玉轸，酒泛金樽。奈不销愁，不销恨，只销魂。　极目行云，是处伤神。看斜阳、又近黄昏。桃花片片，杜宇声声。正欲归春，欲归鸟，未归人。"范氏评曰："是天地间最可恼的事。"再如《销魂词》特意拈出的明武进陈沅《荷叶杯·有所思》："自笑愁多欢少，痴了，底事倩传杯。酒一巡时肠九回，推不开，推不开。"范氏认为："此种情怀与口吻，男子所难具也。"的确肖合女性心理、声口，十分感人，是"男子作闺音"的代拟之作无法企及的。需要说明的是，范烟桥由词具女性特质谈到女性词之殊异、将男女两性词对比的论证策略，是明清以来女性词评论、研究的惯常做法，颇受吴绮《众香词·序》[1]、胡云翼《女性词选·小序》（亚细亚书局 1928 年 9 月初版）等影响。

而且，范烟桥所辑，较毕振达《销魂词》为广。二书选阵如下表所示[2]：

分期	范烟桥《销魂词选》	《销魂词选》与《销魂词》共选（括号内共选，左、右二集所选）	毕振达《销魂词》	总计
宋（960—1279）	无名女 2凡 1 人 2 首			范编凡 1 人 2 首
明（1368—1644）	柳是 5、沈宪英 5、庞蕙缠 5、沈静专 4、王微 3、沈树荣 3、喻撚 3、周兰秀 2、周慧贞 2、叶小纨 2、	沈宜修 11（2）12、叶小鸾 7（1）10、叶纨纨 5（0）5、商景兰 3（3）3、陈沅 3（2）2、顾信芳 3（2）5、胡莲 1（1）1、陈契 1（0）1	宋瑊 1、蓉湖女子 1、寇湄 1	范编凡 43 人 98 首，毕编凡 11 人 42 首

---

① 马耀民译：《明清女诗人选集及其采辑策略》，载孙康宜著：《千年家国何处是：从庾信到陈子龙》，桂林：广西师范大学出版社，2022，第 427 页。

② 张阿钱《减字木兰花·离怀谁诉》、顾春《临江仙·万点猩红将吐萼》、顾媚《花深深·花飘零》重选，这里各计 1 首。诸朝无名女各按 1 人计。

明 （1368— 1644）	徐元端2、吴芳2、无名女2、沈士芳2、龙辅2、颜绣琴1、张蘩1、范姝1、周琼1、吴静闺1、李玉照1、韩智玥1、吴贞闺1、严曾杼1、王朗1、项兰贞1、纪映淮1、马闲卿1、申蕙1、赵承光1、齐景云1、黄氏1、葛嫩1、邓太妙1、童观观1凡35人64首	共选凡8人11首，范编凡8人34首，毕编凡8人39首	凡3人3首	
清前中期 （1644— 1840）	吴琼仙5、吴森札4、许珠2、沈友琴2、顾春2、张学典2、于晓霞2、陆惠2、王倩2、熊琏2、贺双卿2、王韵梅2、钱念生1、陈翡翠1、劳纺1、陈星垣1、沈宛1、	赵我佩12(7)15、王淑8(0)1、左锡嘉4（3）10、李道清4(3)8、江瑛3（3）4、关锳3(1)6、郑兰孙3(2)3、袁绶3（0）2、孙云凤3（1）16、葛秀英3（1）4、徐灿3(2)5、李佩金3(1)1、钟筠3(3)3、俞庆曾3(1)3、吴藻3(1)9、许庭珠2(1)1、	左锡璇3、钱孟钿3、顾翎2、沈纕2、吕采芝2、谈印梅2、钱贞嘉2、陈□□2、	范编凡122人198首，毕编凡84人193首

| 清前中期（1644—1840） | 陈璘1、唐韫贞1、陆蓉佩1、陈芳藻1、蒋英1、吴瑗1、储慧1、沈御月1、华婉若1、钱静娟1、叶澹宜1、许德藻1、曹佩英1、沈鹊应1、许诵珠1、董婉真1、俞浚1、尤澹仙1、叶辰1、阚寿坤1、陆蒨1、鲍之芬1、陈嘉1、邓瑜1、浦映绿1、赵棻1、汪菊孙1、席慧文1、许玉晨1、毛媞1、陈溣1、王荪1、张友书1、浦梦珠1、姚凤翔1、沈善宝1、沈少君1、陆韵梅1、丁善仪1、曹鉴冰1、查清1、张绍英1、王潞卿1、沈允慎1、查慧1、 | 张阿钱2(1)1、孙荪意2(0)1、宗婉2(1)1、庄盘珠2(2)5、屈秉筠2(1)1、濮文绮2(2)2、钱凤纶2(1)1、季兰韵2(0)1、汪淑娟2(2)3、钟韫2(1)1、沈珂2(1)1、张玉珍2(0)3、冯兰因1(1)1、孙云鹤1(1)4、郑莲1(1)1、曹景芝1(1)3、曹慎仪1(1)1、徐映玉1(1)1、蒋□□1(1)1、顾贞立1(0)1、吴湘1(0)1、席佩兰1(1)1、陶淑1(1)2、屈蕙缬1(1)1、吴文柔1(1)1、陆姮1(1)2、吉珠1(1)1、王睿1(0)1、范玉1(1)1、吴麟珠1(1)1、丁采芝1(1)1、顾媚1(1)1、朱中楣1(1)1、张令仪1(1)2、刘琬怀1(1)1、孙汝兰1(1)1、钱斐仲1(0)1、王兰佩1(1)1、熊象慧1(1)1、 | 秦昰2、王贞仪1、张学雅1、丁白1、顾绣琴1、林绿1、张粲1、顾树芬1、虞兆淑1、倪小1、叶文1、吴琪1、吴九思1、侯承恩1、吴永汝1、刘□□1、吴规臣1、管筲1、戴锦1 | |

	苏穆 1、支机 1、秦桢 1 凡 65 人 82 首	刘絮窗 1（1）1、杨全荫 1 （1）4 共选凡 57 人 67 首，范编 凡 57 人 116 首，毕编凡 57 人 155 首	凡 27 人 38 首	
近代 （1840— 1933）	吕碧城 22、陈翠娜 18、顾慕飞 6、袁希谢 4、沈乐葆 4、邵英戢 3、徐自华 2、丁宁 2、顾渭清 2、孙芙影 2、许心箴 1、陈家庆 1、近贤 1、王洁明 1、蔡绍敏 1、裘德舆 1、许模农 1、朱佩钦 1、李信慧 1 凡 19 人 74 首	缪珠荪 1（0）1 共选凡 1 人 0 首，范编 1 人 1 首，毕编凡 1 人 1 首		范编凡 20 人 75 首， 毕编凡 1 人 1 首
总计	凡 120 人 222 首	共选凡 66 人 78 首，范编 凡 66 人 151 首，毕编凡 66 人 195 首	凡 30 人 41 首	范编 凡 186 人 373 首，毕 编凡 96 人 236 首

由上表可知，毕编以清人为主，而范书则志在"以成中国女子词学之大观"（《销魂词》），呈现历代女性词的精华，故其所编为古今兼备的通代词选。毕编为范书重要的取材来源，二书共选凡 66 人，然所选词作有同有异，同者凡 78 首，约占一小半，有一半多的词作互不相同。毕编所选为范书刊落者凡 30 人 41 首。范书在毕编外新增者凡 120 人 222 首，以明清为主，明前仅增选宋代无名女 2 首。《销魂词选·序言》云："宋代自然是词的黄金时代。但宋代女子词，寥寥可数，几阕有名的词，早已脍炙人口，经过许多选家的采录了。"可能是为了避免与其他选本雷同，范氏没有增选李清照、朱淑真等明前著名女词人[①]。他重点增选了明清词人，全书所选也以明清为主，这大致符合女性词在明清繁荣的历史实情。《销魂词选·序言》还举例对带动明清女性词繁荣的枢纽——家族和师门作了提点："明清两代女子的词，也非常发达……吴江诸叶，因着天寥道人（绍袁）的领导，家庭里充满了文学的空气，差不多人人有集。尤其是词，都写

---

① 但类前弁言多引李清照、朱淑真、张玉娘、王昭仪、孙道绚、吴淑姬、管夫人等宋元女性词作，故正文未多增选其词，或许也有全书整体布局的考虑，由此亦可看出范书的"通代"性质。

得出色……袁随园（枚）、陈碧城（文述）广收女弟子，又造就不少的女作家。虽然袁门诗人为多，到底文学给与女子一个狠大的乐园，任伊们自由自在的掉臂游行了。所以，我所选的'销魂词'，以明清两代为多。"此外，范氏对当代女性词家也给予了关注。不过，令他无可奈何的是，"自从新文化运动振起以后，女子文学自然也起了轩然大波。无拘无束的新体诗，极端的发达，有规律有格局的词，如何不遭厌弃呢！只有几位沉浸在文学的陈酒里的女词人，还在'平上去入'的推敲、斟酌，可是也寥寥可数了"（《销魂词选·序言》）。当代女词家中，他最青睐吕碧城，凡选 22 首，其次为陈翠娜，凡选 18 首，在全书遥遥领先（其他词人所选，绝大多数不足 5 首）。范烟桥解释如此编选的原因道："近时以吕碧城女士所作为多，取其题材较新，意境较广。"（《销魂词》）陈翠娜的词也有类似特点。这显示了范烟桥求新识变的通达眼光。对勘可知，范氏对当代词的增选，主要取材于《红梵精舍女弟子集》（1928 年初版），所选多顾宪融门生，顾慕飞、沈乐葆、邵英戢、顾渭清、孙芙影、许心箴、王洁明、蔡绍敏、裘德舆、许模农、朱佩钦、李信慧诸人皆是，约占五分之三。范烟桥和顾宪融友善，且《销魂词选》成编前后，二人同为上海中央书店编写过一套诗词入门读物，范撰《无师自习作诗门径》、顾撰《无师自通填词门径》（1933年5月初版）。范烟桥多选顾氏门人，应该也有友情因素。

体例上，范烟桥《销魂词选》也比毕振达《销魂词》复杂、有特色。毕编较为随意，仅是对徐乃昌所编二书的简单摘录，它们都以人系词，前者的词人排序、小传等基本沿袭后者。而范书则精心结构，先按题材分为"怀人""咏物"等十类，类下再按作者世次编排作品。作者首见时附小传，简注字号、籍贯、父夫或子之姓名官职、诗词集名等。"每类有弁言，每词有小评。"十几年后，范烟桥回忆起《销魂词选》，仍颇看重，期望他日修订，可惜未能如愿："当时亦费一番心血，今日重检一过，觉尚有数语，足供研究词学者之参考。如云……自知所见甚狭，未免珊瑚网漏之憾，他日退居闲轩，当再事搜罗，以成中国女子词学之大观。"（《销魂词》）即就目前所成来看，范烟桥诗词造诣颇高、别具手眼，《销魂词选》所录基本是情感真挚、内容充实、艺术上可圈可点的佳作，今天看来仍不失为一本基本反映了中国女性词大观的很有特色的优秀选本。

二、"她"的声音

虽说历史是由男性和女性共同创造的，但创造历史的男女两性地位、角色等并不相同、平等。在中国古代，"男尊女卑""男外女内"等被视为天经地义的伦理信条，社会对男女两性的性别定位差异很大，女性被排挤出很多活动领域，接受教育的机会、程度都低很多，即便接受，也不过是学习"女四书"等树立"三从四德"观念，成为贤妻良母，而非舞文弄墨、登科入仕。在这样的生活、文化处境中，女性从事文学创作并成名成家的可能很小。而几千年来的发表出版、历史书写乃至文化建构，也是以男性为中心和标准的。女性"弄文"被视为"可罪"、非其职分所宜，作品流传甚是艰难。正如宋代著名女词人朱淑真所自责的："女子弄文诚可罪，那堪咏月更吟风。磨穿铁砚成何事，绣折金针却有功。"[1]《名媛诗纬》的编者王端淑亦感慨："女子深处闺阁，惟女红酒食为事，内言不达于外间，有二三歌咏秘藏笥箧，外人何能窥其元奥？故有失于

---

[1] 朱淑真：《自责》二首之一，朱淑真著，魏仲恭辑，郑元佐注，冀勤辑校：《朱淑真集注》，北京：中华书局，2008年，第146页。

丧乱者，有焚于祖龙者，有碍于腐板父兄者，有毁于不肖子孙者，种种孽境，不堪枚举，遂使谢庭佳话变为衰草寒烟，可不增人叹惋乎？"[1]

直到明代后期，这种状况才有了改观。随着心学的流行、商品经济的发展和出版业的繁荣，江南和北京、广州等都会的大家族日渐重视闺秀教育，文才被视为女性重要的修养，可以为婚姻增加筹码，为家族带来荣耀甚至收入。很多家族在性别分工上做出调整，越来越支持女性从事文学创作，甚至将出版其集看作责任。而女性，也"认识到她们作为作家加入到一种前所未有的性别实践中，她们成为受到尊重的文学传统的参与者，这使她们拥有了自己的声音，自我价值感，用各种文本试验不同身份的机会，以及在家庭以外以印刷形式传播作品的机会"[2]。于是，女作家雨后春笋般涌现，而且多以家族、地域、师门"簇生"。据胡文楷《历代妇女著作考》统计，明清女作家及其

① 王端淑：《名媛诗纬初编》卷三二《遗集上》，清康熙山阴王氏清音堂刻本。
② 雷迈伦著，赵颖之译：《明清中国统治阶级女性的文学创作以及"小众文学"（Minor Literature）的出现》，方秀洁、魏爱莲编：《跨越闺门：明清女性作家论》，北京：北京大学出版社，2014年，第334页。

存世作品的数量，远远超过此前数代的总和[①]。

明清时期，很多大家闺秀多才多艺，擅长诗词。在明末词学复兴的鼓动下，她们在词创作上亦取得了不凡成绩。时人普遍认为，"词"这一文体，具女性特征，女性的性情和生活特别适合填词。叶燮曰："词之意、之调、之语、之音，揆其所宜，当是闺中十五六岁柔妩婉娈好女，得之于绣幕雕阑，低鬟扶髻、促黛微吟，调粉泽而书之，方称其意、其调、其语、其音。"[②] 周铭云："帷房旖旎之习，其性情于词较近。故诗文或伤于气骨，而长短句每多合作。"[③] 创作的繁荣亦促进了选本的涌现，以往作为点缀或和僧道、无名氏等一道附于卷末的闺秀，开始单独成集。现存最早的女性词选是明代许铨胤选评的《古今女词选》。随后，女性词选层出不穷，有通代型（如柳如是《绛云楼历代女子词选》），有断代型（如顾嘉容、金寿人《本朝名媛诗余》），还有地域型（如黄瑞《三台名媛诗辑》附

---

① 参见胡文楷编著，张宏生增订：《历代妇女著作考（增订本）》，上海：上海古籍出版社，2008年。

② 叶燮：《小丹丘词序》，《己畦集》卷八，《清代诗文集汇编》第104册，上海：上海古籍出版社，2010年，第404页。

③ 周铭：《林下词选·凡例》，顾廷龙主编：《续修四库全书》第1729册，上海：上海古籍出版社，2002年，第555页。

词辑），编选宗旨、编排方式等亦五花八门。这说明人们对女性词的特点、价值越来越认可，对女性文学传统、谱系的建构、梳理越来越自觉。

近代特别是"五四"以来，随着妇女解放思潮的蓬勃兴起，对历史上女性生活、文学的研究和诗词等作品的编选也掀起一个热潮。人们带着为现实变革张本的动机，多将历史上的女性想象为被监禁于内闱、饱受压迫的受害者。比如陈东原便认为："我们有史以来的女性，只是被摧残的女性；我们妇女生活的历史，只是一部被摧残的女性底历史。"而他撰著《中国妇女生活史》，"只想指示出来男尊女卑的观念是怎样的施演，女性之摧残是怎样的增甚，还压在现在女性之脊背上的是怎样的历史遗蜕"①。有学者指出，这种女性在传统社会饱受父权压迫、摧残，处于隔离、扭曲和从属状态的"'五四'妇女史观"，"是'五四'新文化运动、共产主义革命和西方女权主义学说""罕见合流的结果"，是一项"非历史的发明"，也即"政治和意识形态建构"，反映了"关于20世纪中国现代化的想像（象）蓝图"，"错误地将标准的规定视为经

① 陈东原：《中国妇女生活史》，北京：商务印书馆，2017年，第17页。

历过的现实"，而不是历史上妇女的真实状况①。然而，这种史观在随后被不断强化，成为相当长一段时期内中国妇女史和妇女文学研究赖以开展的"锚点"。

《销魂词选》亦受其影响。在《序言》中，范烟桥说："女子在男子中心的社会里，处处受男子的操纵、压迫、欺骗、藐视。伊们有的是屈服，有的是抵抗。""闺怨"类弁言评析无名女《玉蝴蝶》（为甚夜来添病）道："这首词是在春意最蓬勃的当儿所作，那不可抑制的情想在种种推想中露出来，觉得以前不解放的金闺中，不知道闷死了多少青春热望的少女。""艳情"类评刘琬怀《临江仙》（袅袅余音竟绝）云："吹箫不算什么伤风败俗的事，怎说'本非闺阁所宜'？以前女子为礼教所束缚，奄奄绝无生气。"亦将女性视作为礼教所缚、被囚禁于深闺的受害者。

不过，《销魂词选》毕竟不像《中国妇女生活史》那样属于建构性的学术专著，更容易受"'五四'妇女史观"主流意识形态的影响，"以论带史"，而是一部词选，而词又寄托着女性的真性情，发出的是"她"

---

① 高彦颐著，李志生译：《闺塾师：明末清初江南的才女文化》，南京：江苏人民出版社，2022年，第1—6页。

最真实的心声，是"女子思想、情绪、生活"的最直接映现，所以，范烟桥撰写评点、弁言和自序，又不能不遵从自己最真切的阅读感受，通过女性词从女性最原始的声音、感受出发，考察、认识历史上女性的真实处境，"由史得论"。这种不同观念、感受的博弈，使《销魂词选》一书隐含着恐怕连范烟桥自己都没有觉察到的有趣的张力：虽受"'五四'妇女史观"影响，但这更像标签，作为全书主体的词作及评点、弁言等实实在在呈现给读者的，并不是"'五四'妇女史观"预设的压迫、拘禁、哀号、沉闷、乏味和反抗，反而是一个个富有主体性和能动性的美丽、丰盈心灵的展演，充分显示了女性才情之卓绝及社交和精神生活之丰富。

当然，范烟桥这种在当时难能可贵的"女性视角"和对女性真实处境的洞察并非自觉，而是词选评点的著述体例无意间赋予他的。半个多世纪后，高彦颐反思"'五四'妇女史观"，则自觉借用社会性别分析框架，主张通过"理想化理念""生活实践"和"女性视角"的交叉互动，重构明清江南才女色彩斑斓的社交、情感和精神世界。她认为，儒家性别规范具有相当大的灵活性，虽然剥夺了女性的法律人格和独立的社会身份，但并未剥夺她的个性或主体性，反而提供了一定程度的自由，使女性可以"利用有限然而具体的资源，在日常生活当中苦心经营自在的生存空间"，"在实践层面享受着生活的乐趣"。儒家"'社会性别体系'，就是长年累月在这种经营下累积起来的"，由此衍生的妇女史"充满争执和通融"，"不是'上、下'或'尊、卑'所能涵盖的"。妇女是有份操纵儒家文化权力运作并主动承担教化使命的既得利益者，而非受害者。这"或许可以解释为什么她们缺乏动力，去推翻建立在'三从'基础上的流行体系"。高彦颐重点还原了江南上层女性如何一面名义上遵从"三从四德"等格言，"在法律和社会习俗的管束下，过着以家庭为中心的生活"，一面"通过一代一代对女性文学的传递"，"超越了闺阁的空间限制"，"经营出一种新的妇女文化和社会空间"———一种能够"给予她们意义、安慰和尊严"的生存空间，从而"在儒家体系范围内"获得"自我满足"①。

而范烟桥《销魂词选·序言》亦洞察到：自己"所

---

① 高彦颐：《闺塾师：明末清初江南的才女文化》，第1—36、411页。

选的，至少是作者最有真性情寄托的作品，至少可以看出一时代的女子思想、情绪、生活的一斑"，"这部书，是中国近六百年女子的呼声"，"文学给与女子一个狠大的乐园，任伊们自由自在的掉臂游行了"。"投赠"类弁言也说："没有解放的女子，交际是处处拘束的。但诗词的投赠，在所不禁，所以有许多心事，都在字里行间发抒出来。"的确，诗词创作为处于"男外女内""三从四德"等儒家性别规范中的女性，提供了宣泄情感、表达思想、抒写生命体验、记录日常生活、建构主体身份、拓展生存空间和交际网络，乃至在公众领域发声并获得荣誉，进而实现人生不朽价值的工具或途径。

《销魂词选》按题材将所选词作分为"怀人""咏物""感时"等十类，大致呈现了女性词乃至女性文学的主要内容。此种编排方式，除了便于读者创作时检索、揣摩外，也能使他们更好地认知并进入女性的生活情境和情感世界。这十类，可进一步按是否涉及他人或带有交际目的，分为言情词和交往词。

言情词包括"咏物""感时""闺怨"三类和"艳情""无题"中的一部分。诗词创作使女性在女儿、妻子、母亲的传统角色之外，获得了诗人的崭新身份。她们用诗笔抒写日常生活中的感触、事件、活动和物什，构建自身作为女性的主体身份。尽管在儒家性别规范的束缚下，女性主要过着家内生活，再加上"词为艳科"的文体过滤，女性在词中抒写的生活、情感，比诗要狭窄，但并不单调、乏味、沉闷，虽有不少孤独、忧愁和悲伤（"感时""闺怨"两类所录大多如此），但也不乏欣喜、满足与快慰（"咏物""艳情""无题"类有不少呈现）。

女性题咏的物什，虽多为闺中所常见者，但是非常丰富，寄托、表达的情怀也很多样。仅就《销魂词选》所选者而言，既有瓶中腊梅、蛱蝶花、兰、月下桃花、白秋海棠、金凤花、茉莉、绣球花、落花、春柳、柳絮、春草、荷叶等花卉、绿植，也有阑干、帘影、秋千、香串、红豆、纸蝶、扇、香扑、镜、肥皂、月饼等家具、玩具、化妆用品和食品，还有燕、睡鹦、蟋蟀、新月等禽虫、天象。其中，沈静专《蝶恋花·蛱蝶花》、陈璘《浣溪纱·金凤花》、唐韫贞《浣溪纱·秋千》、徐元端《菩萨蛮·睡鹦》等通过咏物，将闺中生活写得活泼而充满乐趣。如孙云凤《浣溪纱·茉莉》

云："纤手分来点鬓疏，幽香开遍一株株，星星如玉复如珠。　　团扇梦回新雨后，绿窗人浴晚凉初，小廊风透碧纱橱。"范氏评曰："羡煞碧纱橱外人。"更奇的是，女性甚至将自身富有女性性感特征的身体、装扮作为题咏对象。如所选储慧《少年游·美人足》云："玉笋才芽，金莲未蕊，裂帛裹初成。兜罢弓鞋，藏来锦袜，点地最轻盈。　　香尘留得纤纤印，软步悄无声。藕覆轻移，榴裙低掩，瘦处可怜生。"颇有顾影自怜的满足与得意，为自己身为女性而欣喜。范烟桥选录这首词并评点说"和八股文，同成骨董"，表明他的态度很复杂：既不得不承认甚至有点欣赏其美，但又认为过时了，"骨董"正是美而过时的东西。相反，他对时人陈翠娜题咏的新美人手、新美人裙、新美人发则颇为青睐。陈翠娜《沁园春·新美人手》云：

　　玉节生涡，小握柔荑，人前乍逢。爱琴声如雨，随他上下，粉痕调水，遣汝搓融。鸳海环盟，红绡镜约，都在纤纤反复中。娇憨处，向隔花抛吻，挥送飞鸿。　　软衣小样玲珑，怕此日春寒冻玉葱。记睡余揿眼，灯

花生缬，憨时折纸，人物如弓。掬月无痕，
摇花留恨，剪尽年前凤爪红。难防备，惯掩
人身后，遮去双瞳。

范烟桥评曰："握手、奏琴、抛吻、折纸，都是女子
新生活。一结更活画出一个活泼女郎，不是旧时所有。"

　　范烟桥所谓"艳情"，泛指与女性性别特征相关
的情感。此类所选言情词，生动、直观地说明：由女
性亲自"现场报道"的日常生活、情感，远非"'五四'
妇女史观"所建构的那样沉闷、单调，而是丰富多彩
得多，如王淑《蝶恋花·观绳伎》、钟韫《重叠金·美
人晓妆》、钱斐仲《菩萨蛮·嬉春》、葛秀英《醉花阴·染
指甲》、赵承光《蝶恋花·佳人抚镜》、顾春《临江仙·清
明前一日种海棠》、查清《青玉案·美人倦绣》、袁绥
《洞仙歌·冬夜围炉赏雪》等。

　　如果说言情词主要展现了女性如何在闺门之内这
个有限的日常生活空间抒情发声、过得丰富多彩的话，
那么交往词则呈现了她们如何与家人唱和交流并越过
闺门拓展自己的生存空间和交际网络，从而获得声誉、
走向不朽。

《销魂词选》所选交往词包括"怀人""别绪""哀悼""投赠""题咏"五类和"艳情""无题"中的一部分。交际性或实用性是中国古代文学的普遍功能，对于身体流动受到限制的女性而言，诗词创作尤其具有拓展生存空间和交际网络的重要意义。凭着对诗词的共同爱好，通过作品的寄赠交流，不同年龄、家族、地域甚至阶层的女性得以跨越闺门，建立友谊。有些人成为鸿雁传书、纸上晤对的文字知交。有些人组成诗社，定期雅集，从事赏花、踏青、过节、宴会、郊游、唱和、联句、共咏等活动，甚至出版诗集。这使女性将生存空间和交际网络，由家庭、亲属拓展到邻里、他乡甚至公众领域核心的社会。在诗词创作和交流营造出的相对自由而广阔的天地内，女性获得情感和智力的满足，生命变得更加惬意和充实。

　　以《销魂词选》反映的情况来说，女性交往的对象除了父母、丈夫、兄弟、姐妹、儿女等亲属外，还有邻居、诗友、画家、师长等志趣相投者，甚至包括男性师友和古人。"怀人""别绪"两类，可能因为所选作品抒写情感较为诚挚、私密，故多涉及近亲。"哀悼""投赠""题咏"等题材交际性更强，故所选作品中有不少指涉远亲或非亲属。如"哀悼"类所录吴芳《丁香结·为未婚顾烈女作》、濮文绮《浣溪纱·题沈鹤子表叔荷华尺页，盖其悼亡之粉本也》、曹佩英《虞美人·题〈香畹楼忆语〉》、吴湘《蝶恋花·吊邻姬》、吕碧城《摸鱼儿·游伦敦堡吊建格来公主》；"投赠"类所录钟筠《生查子·和钱淑仪、查夫人》、叶纨纨《浣溪纱·赠婢》、韩智玥《浣溪纱·柬瞿夫人》、尤澹仙《青玉案·寄呈心斋先生》；"题咏"类所录吴琼仙《唐多令·题竹阴美人画扇》、浦映绿《唐多令·题云孙聘姬珊珊照》、赵棻《瑞云浓·题叶小鸾眉子砚拓本》、陈家庆《水龙吟·题子庚师〈噙椒室填词图〉》。

高彦颐概括的伙伴式婚姻和由闺秀组成的家居式、社交式、公众式诗社及由名妓组成的"家庭外"社团[1]，在《销魂词选》中多有呈现。比如，"投赠"类所选俞庆曾《醉花阴·和瑟庵韵》云："一抹晚霞花气暝，琴韵书声应。香篆锁窗纱，下了帘栊，小语防人听。　　月明如水人初定，郎识侬情性。笑促卸残妆，卸了残妆，相倚同窥镜。"叙写了一对神仙眷侣弹琴、读书、烧香、下帘、卸妆、窥镜的生活情景，

---

[1] 高彦颐：《闺塾师：明末清初江南的才女文化》，第 23 页。

其词本身又为酬夫君而作，足见琴瑟雅和，范烟桥歆羡地评点道："艳福不浅，是'有甚于画眉'的注脚。"再如，范烟桥选录了不少叶绍袁和沈宜修夫妇领导的家居式诗社成员的交往词，仅"怀人"类所录，就有沈宜修《玉蝴蝶·思张倩倩表妹》、叶小鸾《谒金门·秋晚忆两姊》、叶小纨《踏莎行·过芳雪轩忆昭齐先姊》、沈宪英《点绛唇·忆琼章姊》等。有些词作，还较为细致地记录了女性诗社或群体出游、过节、宴集、唱和、联句、题咏……的情形。如"投赠"类所录徐自华《鬓云松·今春，余君十眉曾约佩子与余探梅邓尉，并梦余填词得"红冰"句，驰书见告。旋因他事，未果往。顷索题〈鸳湖双桨图〉，为赋此解，即用其语于末，以志梦灵也》；"艳情"类所选沈树荣《满庭芳·中秋夜同诸姈坐月》、喻揿《踏莎行·偕嫂游湖浦》、丁善仪《金错刀·七月小病，女伴招作乞巧会，未赴》、陆韵梅《清平乐·雨后坐月，与星斋联句》等。

"题咏"类所选丁采芝《浪淘沙·重读〈生香馆诗词〉题后》云："开卷便生怜，好句如仙。玉钗敲断梦难圆。如此韶华如此过，那得延年。　　底事不成欢，月夕花天。怀人题遍衍波笺。个里伤心人不晓，说也凄然。"

抒发了对亡友李佩金的怀念及对其诗词的怜爱和遭际的慨叹，颇有同好同性同命相怜、知音弦断的况味儿。正是通过与同时代甚至历史上同性的诗词交流和对话，女性逐渐树立起自觉的关于女性文学与文化的共同体意识。这种愈来愈强大的"她"的声音，也在公众领域和历史书写中得到回应。社会对女性作品越来越认可，王季重《锺山献序》曰："近吴越中，稍有名媛篇什行者，人宝如昭华琬，能使闺阁声名，驾薤砧而上之。"① 地方史志和家谱族谱，亦慢慢将文才视为独立的女性品质加以表彰，与贞、烈、节、孝等传统女性美德并著，如《（光绪）重修嘉善县志》云："吾邑妇职相传，约略近古，间有溢而著词采者，前志未载，兹遵府志例，增列于贞、烈、节、孝之后。天性所优，讵得遗而不彰欤？"②

三、缘何是"她"

在男、女两性互补、互动的社会文化语境中阐发女性文学不同于男性文学的特质，应是中国古代女性文

---

① 王思任著，李鸣注评：《王思任小品全集详注》，北京：北京联合出版公司，2018年，第219页。

② 江峰青修，顾福仁纂：《（光绪）重修嘉善县志》卷二九"人物志九·列女（才媛）"序，清光绪二十年（1894）刻本。

学研究的核心要义。可惜目前这方面的研究非常薄弱[①]，仅有雷迈伦、乔以钢、邓红梅等少数学者作过一些深入探讨[②]。

反观学术史，近代学者对女性文学特质的阐发颇值得珍视。在中国古代，文学创作和评价皆以男性为主体和标准。在这样的语境中，不论是男性还是女性，对女性文学的评价，也主要以男性为标准，而贬斥女性性别特质——"脂粉气"，只有季娴、棣华园主人、沈彩等少数评论家为"纤细""绮""婉""秀""温柔袅娜"等"女子之态""闺秀口吻"辩护，视为闺秀诗词的特点或妙处揄扬、肯定[③]。近代以来，随着妇

---

① 或许是像高彦颐那样所持女性文学在形式上没有特点的偏见影响了这一研究的开展。高彦颐曾经指出，"中国的文学经典传统几乎完全是由男性作品所构成的"，这意味着女性不得不奋斗争取进入一个"她们没有正当的位置，也没有独特的声音的世界"。然而，"她们仅是挪用以男性为中心的哲学和文学传统观念、习语，来表达自己的想法和情感。在选择文体和文学语言时，她们的作品在形式上可能与男性没有太大差别，但情感内容则毫无疑问是女性所独有的"（高彦颐：《闺塾师：明末清初江南的才女文化》，第 23 页）。

② 参见雷迈伦：《闺音：唐宋明清词中性别化主体的建构》，《明清》，13.1（1992 年 6 月），第 63—110 页（Maureen Robertson, "Voicing the Feminine: Constructions of the Gendered Subject in Lyric Poetry by Women of Medieval and Late Imperial China", *Late Imperial China* 13.1, June 1992, pp. 63-110）；乔以钢：《中国古代妇女文学的感伤传统》，《文学遗产》1991 年第 4 期；邓红梅：《女性词综论》，《文学评论》2002 年第 1 期。

③ 参见尹玲玲：《脂粉气与女性诗评的清代演进——兼及女性诗评系统的构建》，《中国韵文学刊》2021 年第 1 期；乔玉钰：《清代女性词学生态刍议》，马兴荣等主编：《词学》第 47 辑，上海：华东师范大学出版社，2022 年。

女解放思潮的兴起，人们逐渐重视女性文学的性别特质，如吕碧城在《女界近况杂谈·女子著作》中明确倡导女性从事"本色书写"：

> 兹就词章论，世多訾女子之作，大抵裁红刻翠，写怨言情，千篇一律，不脱闺人口吻者。予以为抒写性情，本应各如其份，惟须推陈出新，不袭窠臼，尤贵格律隽雅，情性真切，即为佳作。诗中之温、李，词中之周、柳，皆以柔艳擅长，男子且然，况于女子写其本色，亦复何妨？若言语必系苍生，思想不离廊庙，出于男子，且病矫揉，讵转于闺人为得体乎？女子爱美而富情感，性秉坤灵，亦何羡乎阳德？若深自讳匿，是自卑抑而耻辱女性也。古今中外不乏弃笄而弁，以男装自豪者，使此辈而为诗词，必不能写性情之真，可断言矣。①

这里，吕碧城从诗文应"抒写性情，本应各如其份"的角度为女性文学的性别特质辩护。她指出，诗文当

---

① 吕碧城著，李保民校笺：《吕碧城集》，上海：上海古籍出版社，2015年，第438页。

以是否"推陈出新""格律隽雅，情性真切"为标准评判，"女子爱美而富情感，性秉坤灵"，性情与男性有异，从事创作写其"性情之真"，风貌自然与男性不同，即使风格"柔艳"，也不是疵病，而是"本色"。吕氏的辩护显然受了男女平等之妇女解放思潮影响。在此风气熏沐下，加上对以男性为主体的文学传统非常谙熟，范烟桥在《销魂词选》自序、弁言和评点中，也十分注重通过与男性的比较，阐发女性及其词的特质，其视角、观点等今天看来仍有启示价值。

首先，范烟桥指出，女性的感觉、体验更为敏锐、细腻、丰富、深刻，这使其词展现出体贴入微、描写工细的特点；有时她们还能因此捕捉到男性通常忽视的细微物事或意象，如香串、肥皂泡等，写出新意。《销魂词选·序言》说女性"善感"。"咏物"类弁言云："旧时女子，养在深闺，不多见世间万物，只是在眼前所常见、耳所常闻的东西上深刻的观感，随时发出久伏的怀抱。"所选宗婉《离亭燕·初夏病起》下阕云："帘外湘波渺渺，帘底愁人悄悄。自是病多无好梦，梦也乱如芳草。小院静悄悄，忽被棋声惊觉。"范氏评曰："棋声会惊梦，真是病体。"丁善仪《金错刀·七月小病，女伴招作乞巧会，未赴》下阕云："陈钿盒，奠琼浆，一灯摇梦费思量。遥知语笑情方惬，都向天孙问七襄。"范氏评曰："一灯摇梦，心细如发。"徐元端《菩萨蛮·睡鹦》云："雪衣巧舌花棚外，修翎立向斜阳晒。半晌不闻言，惊寻到翠轩。　笑声嗔小婢，莫要惊他睡。风响绿窗纱，醒来抖落花。"范氏评曰："体贴入微。"再如评孙荪意《菩萨蛮·绣球花》曰："打成一团的蝴蝶，攒到梅花里去，刻画绣球花，工细之至。"评颜绣琴《长相思·忆叶昭齐表妹》曰："平凡的思绪，却有深刻的热情。"评顾慕飞《踏莎行·肥皂》曰："肥皂泡没有人咏过。"上述评点，精妙揭示了女性感觉、体验方式乃至内容的独特之处。

　　其次，范烟桥对女性及其词多悲伤、具艳情、"素性矜持""婉约缠绵"等情感格局或特质有所知觉、肯定。在"男外女内""三从四德"等儒家性别规范的束缚下，女性整体而言处于从属地位，过着以家庭为主的生活，而她们的丈夫、儿子等男性亲属往往要外出游宦或经商，这使她们特别容易因别离、思念、孤独、无聊、时迁、亲逝、婚变、家难等而悲伤。再加上文学创作自身所具有的抒忧泄愤之疗愈功能和

"以悲为美"的审美传统、"穷苦易工"的书写定势，女性诗词弥漫着不少悲伤忧郁情绪。对此，范烟桥有所知觉。《销魂词选》所分十类中，有一半也即"怀人""感时""别绪""哀悼""闺怨"五类涉及悲伤，足见对此类情感的彰显。全书题名"销魂"，应该也与所选作品抒发悲伤、真挚之情较多有关。《销魂词选·序言》说女性"多愁"。"闺怨"类弁言云："绣闼生活，何等寂寞！春秋的递换、冷暖的更易，都成了闺人惆怅的资料。我们翻开女子的诗集、词集，总可以看到几首抒写闺怨的作品，虽是无病呻吟的居多，但蕴藏着深刻哀怨的，也是有的。伊们不题上一个具体的题目，只题些'春闺''闺怨''闺情'一类笼统的字，正是伊们无聊情绪的表见。""感时"类弁言亦云："时序的推移，本来狠寻常的，但在词人的观感上，便有许多怅触……最富有引逗力是春和秋。所以，春愁秋怨，差不多成了普遍的词料……愁苦易工，几成文学上的定例。大约'女子工愁'，也是女性心理的定例罢。""多愁"确实是女性及其诗词的特点，但不一定是女性的天性，应该更与她们的处境、遭际有关。比如，与丈夫的长期分居便是一大主因。"怀人"类所选钱念生《钗头凤·寄怀》云："腰如搦，眉如削，无端臂褪黄金约。灯销晕，香销烬。衾儿无梦，雁儿无信。闷！闷！闷！秋衫薄，秋风恶，感秋人被秋缠缚。归期问，何时稳。签儿无据，卦儿无准。恨！恨！恨！"范氏评曰："求签问卦，是旧时女子的别离生活。明知无据无准，还是要求，还是要问。"再如，"比生离更惨"的"死别"，也是引发女性悲伤的要因，"哀悼的文字都是从作者心坎里吐出来的"（"哀悼"类弁言）。所选沈宜修《忆秦娥·寒夜不寐忆亡女》云："西风冽，竹声敲雨凄寒切。凄寒切，寸心百折，回肠千结。瑶华早逗梨花雪，疏香人远愁难说。愁难说，旧时欢笑，而今泪血。"范氏评曰："寒夜，又是风雨，怎能成寐？不成寐，自然要钩起最痛心的事来。想到旧时的欢笑，怎能不引出今日的泪血？"

除点明女性词"多愁""工愁"外，范烟桥对"柔情蜜意""艳情"等女性及其词独具的情感特质也大加表彰，视为与男性词"最显著的分野"之所在。"咏物"类弁言云："还有咏香奁什物，更觉柔情蜜意，不是男子所能体想得到的。"所选周琼《昭君怨·咏镜》云："一片青铜如月，照出妾颜如雪。雪月两堪夸，胜如花。　　背地檀郎情顾，恰似鸳鸯两个。含笑倚郎肩，月中仙。"范氏评曰："上半阕自负得可喜，下半阕自矜得可羡。"叶纨纨《三字令·咏香扑》云："疑是镜，又如蟾，最婵娟。红袖里，绿窗前。殢人怜，羞锦带，妒花钿。　　兰浴罢，衬春纤，扑还拈。添粉艳，玉肌妍。麝氤氲，香馥郁，逗湘帘。"范氏评曰："下半阕无字不艳，似有一种不可说的温馨滋味在纸上。""艳情"类弁言云："在愁苦以外，另辟新天地的，也只有那些写艳情的词了。从艳情词里，保存着女子的生活、交际、思想、学问种种的迹象。这一类的词，差不多可以独立的。并且和男子的词，最显著的分野，也在这里了。"所选王倩《眼儿媚·本意有赠》云："剪水天然入鬓流，无计赚回头。歌阑灯下，酒醒枕上，半晌横秋。　　背人一笑嫣然处，密意暗相酬。销魂最是，睨郎薄怒，窥客佯羞。"范氏评曰："眼儿有此媚态，怎不销魂？但还不及'临去秋波那一转'，更媚入骨髓。"陈契《菩萨蛮》云："兰膏收拾芙蓉匣，杏腮红雨春纤雪。羞绾合欢裳，偎郎抱玉躯。　　香微烟穗灭，漏促琼签彻。残梦正迷离，寒鸡背月啼。"范氏评曰："是赤裸裸的艳思。"这种由女性自己抒写的"媚态"

与"艳思",不仅更为真切、充实,也大大减少了传统男性宫体、艳情书写的"凝视"和"物化""客体化",而突显、强化了女性自身的主体性——抒情主人公的视角和口吻,在自述"表演"与自怜"欣赏"间游移,或一边"表演"一边"欣赏",而不是男性书写的单纯"凝视"。对此,范烟桥已有朦胧觉察,他将此类词视为女性词与男性词"独立"而"最显著的分野",并用"自负得可喜""自矜得可羡"提点女性浮现的主体性,确实悟性很高!

范烟桥还指出,女性大多"素性矜持"("怀人"类弁言),其词往往呈现出"言浅意深"("咏物"类弁言)、"婉约缠绵""蕴藉"的特点。"投赠"类弁言云,女性词通常"在宛约蕴藉中间,也可看到深藏在心底的情绪。便是寻常唱和的词,往往有诉尽平生的话"。所选吴芳《阮郎归·寄远》可谓缠绵蕴藉之佳作:"东风吹就雨廉纤,慵将针线拈。暗愁多半上眉尖,残灯和泪添。 罗帐冷,髻鬟偏,无言且欲眠。欲凭清梦到君边,谁知梦也悭。"范氏评曰:"又把灯油比泪,和李商隐的'蜡烛有心还惜别,替人垂泪到天明',同一心思。""闺怨"类所选无名女《踏莎行·闺情四首》之四云："佳约易乖，韶光难驻，柳丝飞尽江头树。朝来为甚不钩帘，残花正满帘前路。　春赏未阑，春归何遽，问春归向何方去。有情燕子不同归，呢喃独伴春愁住。"范氏评曰："婉约缠绵，不是一味言愁者。"再如评濮文绮《菩萨蛮·送外之作》曰："天下那有不思归的征人，伊偏说他'此去不言归'，伤心之极。"可谓言浅意深。评李道清《临江仙》曰："是极蕴藉的情思。"

再次，范烟桥还从是否切合女性作者身份的角度评判女性词。他对那些活画出女性神态、口吻、心理、行为的词大加揄扬。"怀人"类所选李玉照《醉公子·忆梦中美人》云："无意拈花片，有恨抛针线。细想梦中人，芳姿记未真。　默坐还相忆，珠泪和香滴。月色到窗纱，寻思暗抵牙。"范氏评曰："'暗抵牙'是何等的情景？只有女子自己去体想，最够味。""艳情"类所选孙汝兰《百尺楼·采莲词,戏用独木桥体》云："郎去采莲花，侬去收莲子。莲子同心共一房，侬可如莲子。　侬去采莲花,郎去收莲子。莲子同房各一心,郎莫如莲子。"范氏评曰："这是最好的一首恋歌，只有郎、侬和莲子，只有八句四十四字，却把女子的心理曲曲道出。一个'共'字，一个'各'字，把两种境界画得清清楚楚，可称绝唱。"缪珠荪《卜算子》云："闲倚玉台吟，拾得零星字。集锦碾云句未成，忽被风吹去。　　诗思渺秋烟，欲觅无寻处。抹遍银笺未惬心，揉作团团絮。"范氏评曰："是女子写作时的特有情景。"

为此，他主张知人论世，联系女性作者的身份、处境等设身处地地同情理解女性词人及其词，而不是站在男性立场居高临下地随意臧否。"题咏"类弁言云：

宋王昭仪题驿壁《满江红》词末句："驿馆夜惊尘土梦，宫车晓碾关山月。愿嫦娥、相顾肯从容，随圆缺。"当时文文山见了，便说伊措辞欠斟酌，替伊另外做两首。第一首的结句："回首昭阳离落日，伤心铜雀迎新月。算妾身、不愿似天家，金瓯缺。"第二首的结句："世态便如翻覆雨，妾身原是分明月。笑乐昌、一段好风流，菱花缺。"就意义上讲，确是文山说得堂皇冠冕，充满着爱国心肠。但昭仪的话，也是切合自己身分、地位而说。一个奔波风尘、生死莫测的弱女子,只有呼天吁地,期望嫦娥的相顾,随着伊们而从容圆缺之。所以,徐电发在《词苑丛谈》里也替伊辩护说:"王昭仪抵上都,恳请为女道士,号冲华。然则昭仪女冠之请,与丞相黄冠之志,后先合辙。从容圆缺语,何必遽贬耶?"所以,女子的题咏,和男子的见解当然不同的。

徐釚为王昭仪的辩护尚采取男性立场和标准,范烟桥则充分考虑其作为女性的身份、处境,认为昭仪所言合情合理,女性词所表达的思想、见解和男性不同,是很正常、自然的,这不但不是其瑕疵,反而是其特点。

范烟桥不仅强调女性词不同于男性的身份,在评点中他还进一步将女性按年龄、辈分、关系、阶级、地位等身份细分,赞赏词作精准、形象地抒写了少女、姊妹、妻子、寡妇、母亲、婆婆、女冠、妓女等某类女性的情怀、心理、神态、口吻等。"闺怨"类所选浦梦珠《临江仙·闺情》云:"记得春闺初学绣,花棚高似身长。金针拈得费思量。不分花四角,何处到中央。　碧绿青红亲手理，残绒吐上红窗。娇痴浑未识鸳鸯。怪他诸女伴，偏爱绣双双。"范氏评曰："这是识得鸳鸯的小女的口吻。"再如评陈翠娜《蝶恋花》曰："是雍容华贵的少女。"评叶纨纨《踏莎行·暮春》曰："伊是未嫁的小女，所以只为了女伴的离散而伤感。"评沈宜修《浣溪纱·侍女随春破瓜时，善作娇憨之态，诸女咏之，余亦戏作》曰："活画出一个天真未凿的处女。"评顾信芳《水龙吟·怀雪香季妹》曰："姊妹的离怀，又是一种说法。"评陆姮《菩萨蛮·寄外》曰："责备得有口难辩。"赞赏其妻子口吻写得很生动。评袁希谢《雨中花·落花》曰："早寡的少妇，对着落花，自然更起同情，但说得'哀而不怨'。""哀悼"类所选沈宜修《菩萨蛮·对雪忆亡女》云："疏梅香吐西阑曲，娟娟一片潇湘绿。白雪绕庭飞，彤云接树低。　谢娘何处去，孤负因风句。莫把旧诗看，空怜花正寒。"范氏评曰："确是慈母的口气。""艳情"类所选庞蕙缵《少年游·重午娶妇偶成》云："凤冠初卸，龙舟正渡，佳节恰新婚。羹遣姑尝，拜随堂上，红烛昨宵停。　葵榴艾虎，晓妆才竟，深浅画眉痕。愿来年此日，儿生镇恶，客满孟尝门。"范氏评曰："阿姑的心理，只是如此。"评吕碧城《浣溪纱》（色相凭谁悟大千）曰："是一个女冠子。""投赠"类弁言云："宋朝有一个四川的妓女，因着伊的恋人往来疏阔，疑心别有所属。那恋人作词解释，妓还答他一首词，妙绝！说是：'说盟说誓，说情说意，动便春愁满纸。多应念得脱空经，是那位先生教底。　　不茶不饭，不言不语，一味供他憔悴。相别已是不曾闲，又那得功夫咒你。'滑稽突梯，却极有情致。一本正经的女词人，不会像这般赤裸裸地说得干脆爽快。"

虽然"男子作闺音"也在模拟女性身份，但此时，创作主体戴着"性别面具"（gender mask），与文本主体（textual subject）是分裂、隔膜的，女性自诉衷肠就不存在这个问题①。范烟桥对女性词吻合女性身份的提点与区辨，也是在强调女性词创作主体与文本主体的复合，并将其视为女性词的特质予以表彰。

从女性作者的身份或身份关系着眼，范烟桥发现

---

① 参见 Maureen Robertson, "Changing the Subject: Gender and Self-inscription in Authors' Prefaces and 'Shi' Poetry", in *Ellen Widmer and Kang-i Sun Chang: Writing Women in Late Imperial China* (California: Stanford University Press, 1997), p. 177; 刘阳河：《身份、主体与合理性：清代闺秀家务诗词的日常化书写》，《妇女研究论丛》2020 年第 6 期。

了一些有趣的现象。比如，他指出，女性词没有怀念恋人、离别父亲的。"怀人"类弁言云："女子是素性矜持的，除掉怀念兄、弟、姊、妹、丈夫、女友以外，其他绝对不敢形诸笔墨的。中国妇女文学，没有一首怀念恋人的词，正是一个大缺陷。""别绪"类弁言云："以前的女子，几乎没有交际，所以离别也只限于母、丈夫、兄弟、姊妹，难得有女伴。最奇异的是'父'，尽是离别，不常得到女子的关心。我看过了许多女子的词，找不到一首和'父'离别时的词。"范烟桥的说法或许过于绝对，解释也不太周全，但提问的角度却颇有启发性。半个多世纪后，高彦颐指出，在沈宜修所编女性诗选《伊人思》收录的"241首诗中，有83首是题献给其他女性朋友、姐妹、女儿或其他女性亲属的。相比之下，只有七首是为男性而写。其中的46位诗人是以母亲、女儿或堂表亲等亲属关系面貌出现的"。她认为，这"反映出女性文化在这些作者生活中的中心地位，也反映出编者意识到了这一点"[1]。方秀洁也发现，汪启淑编女性诗选《撷芳集》收录的姬妾诗作，"绝少有写给娘家亲人与子女的诗

———

[1] 高彦颐：《闺塾师：明末清初江南的才女文化》，第303页。

作。对'示儿'这类在正妻诗中屡见不鲜的主题的回避与省略与媵妾的庶母身份相应"。因为"丈夫的所有孩子都属于正妻，都以正妻为正式的（亦即法律上的）、社会学意义上的母亲（嫡母），而且正妻可以嫡母身份将妾生子攘为己出。这对姬妾与其子女的关系在情感上甚至身体上都不无伤害"[1]。二人所论都颇精彩，足见这个视角之价值。

可见，受妇女解放思潮影响的范烟桥基本摆脱男性中心偏见[2]，觉察到了女性活动空间、生活事项、体验方式、情感内容、思想观念、身份处境等"女性经验"的独特性，有时还能分析其对女性词题材、内容、表达、风格等方面的影响，将它们当作女性词值得珍视的特质予以同情理解和表彰，而不是视为短板或问题进行批评。更进一步，他将抒发"侧艳"的儿女之情看作词的普遍性质，认为"男子作闺音"，无论怎样模拟、揣摩，都难以肖合"女性经验"，甚至"是

---

[1] 方秀洁著，董伯韬译：《从边缘到中心——媵妾们的文学志业》,曹卫东主编：《跨文化研究》2016年第1辑，北京：社会科学文献出版社，2016年，第181、189页。
[2] 范烟桥基本摆脱男性中心偏见，但仍有一些不自觉的残留，比如"闺怨"类弁言提到，女性抒写闺怨的作品，"无病呻吟的居多"，显然是用男性眼光评判的，同情理解不够。这是过渡时代的正常现象。

虚伪的，是粉饰的，是勉强的"，"多少总含有一点侮辱性的"；而由女子自道襟怀，则不烦造作，自然是"她"。正是出于这个原因，范烟桥自负地强调，《销魂词选》寄托着女性的"真"性情，反映了女性的"思想、情绪、生活"，"是中国近六百年女子的呼声"。也就是说，此书之所以可贵，在于它是"女性经验"的"女性表达"。

只有回答了"缘何是'她'"的问题，女性文学才能在根本上成立。阐发女性文学不同于男性文学的特质，不仅有助于女性文学研究的深化，也会促进并更新我们对整个文学传统发展演化、特质属性的认识。雷迈伦曾借用"小众文学"（minor literature）理论指出，"中国女性使用的语言是受到束缚的，她们的文学创作必须使用文言，而千百年来文言的发展表现的是男性的意识、经验和表达的需要"。明清女性文学可视为中华帝国晚期的 minor 传统，女性"即使没有意识到这种传统，她们也在无意中把自己的口头语与具有性别意识和角度的特征带入她们的作品，可能在不知不觉中与她们的同伴采取了团结一致的行动。当男性文人准备为自己家族中的女性'破例'时，他们的姿态也在暗中承认了明清女性文学的 minority 地位"。而"在德里达看来,minor 是一种'成为'('becoming')的状态或者过程。他认为每位 minor 都渴望成为被认可的 major,都希望解决语言的问题,而在传统文学里语言问题与性别问题密不可分。但是,minority 立场使作家拥有'成为'的自由,在此过程中可以促进 minor 和 major 内部的创新、差异和变化"。明清"女性文学参与到'成为'这一过程中去","坚持希望得到 major 的地位,成功创造了异质的、开阔眼界的文学作品,推进了积极的历史变化,对她们的成就,我们仍然在不断发现之中"[①]。

四、隽妙赏评

范烟桥国学修养颇深,且擅长诗词,其对女性词的评点,采用活泼、灵动的白话,隽妙、中肯!他善于从多个角度着眼,不拘一格,随意生发,往往一言半语就能揭示妙处,颇令人会心、解颐!

首先值得一说的是,范烟桥论诗倡新求变,对男

---

① 雷迈伦著,赵颖之译:《明清中国统治阶级女性的文学创作以及"小众文学"(Minor Literature)的出现》,《跨越闺门:明清女性作家论》,第341、344页。

性为主的诗词传统非常熟悉，能精准揭示女性词在立意、设想、修辞、造语等方面的新奇之处。如评叶小鸾《谒金门·秋晚忆两姊》"芳树重重凝碧，影浸澄波欲湿"曰："影湿，是何等灵思妙想！"评郑兰孙《菩萨蛮·忆夫子》"酒醒一灯残，离多梦转难"曰："一般人总说离多梦易，伊偏说离多梦难。连最容易的梦也做不着，相思之苦可想。"评于晓霞《壶中天慢·秋夜悼蕴辉姊，用〈漱玉词〉韵》"故人何在，天涯有泪难寄"曰："寄泪，真是奇事奇文。"评汪淑娟《卖花声·寄韵仙》"坐起费搜寻，调弄徽音。七弦原是一条心。千万休将心冷了，叮嘱瑶琴"曰："七弦合成一心，是奇语，是妙语。"评陈翠娜《菩萨蛮·题仕女画》"残灯泪眼愁生缬，冰弦弹落相思月。银甲苦相欺，秋声曳梦飞"曰："梦能飞，奇语！"评王朗《浪淘沙·闺情》"为甚双蛾常锁翠，自也憎嫌"曰："妙在自己也觉得愁思可厌。"评陈翠娜《洞仙歌·病中作》"空庭暗雨，似三更将过。小颗灯花抱烟堕。裹重衾嫌热，推了还寒，猜不准，定要怎般方可"曰："写病榻心情如画。上半阕结束处，似未经人说过。"评沈宜修《踏莎行·君庸屡约，归期无定，忽尔梦归，觉后不胜悲感，赋此寄情》"粉箨初成，蔷薇欲褪，断肠池草年年恨。东风忽把梦吹来，醒时添得千重闷"曰："东风有吹梦的力量，从来没有人说过。"评俞庆曾《醉花阴·和瑟庵韵》曰："写这种喜剧的词，实在不多。"评顾慕飞《临江仙·送浣姑于归太原》曰："送嫁，想起未嫁时情况，妙在不作伤离惜别语。"评王淑《蝶恋花·观绳伎》曰："游艺的描写，文不及诗，诗不及词，但描写游艺的词却狠少。"评顾春《南歌子·香串》"宝串垂襟软，温香着体柔。青丝贯取意绸缪，只要心心相印总无愁。 步月难寻梦，临风怕倚楼。江皋玉佩为谁留，又惹一番牵挂在心头"曰："'贯取''心心相印''牵挂'，双关入妙。"评沈宪英《点绛唇·早春》"帘幕轻寒，断肠渐入东风片。游丝千线。难挽离愁半"曰："游丝以'千'计，离恨以'半'计，这是奇异的'数学'。"评关锁《柳梢青》"无端眉上心窝，有别恨、离愁许多。春去还来，愁来不去，春奈愁何"曰："春已可恶，愁比春更可恶。人无奈愁何，不怪，却怪春也无奈愁何。句法亦妙绝。"

与此相对，有时范烟桥也会联系其他诗词或经典中的名句，触类旁通，比较阐发，从而引导读者更充分、深入地领会词意。如他评孙云鹤《点绛唇·草》曰:"'休向高楼倚',就是'怕见陌头杨柳色'的意思。"评陈翠娜《东风慢·秋夜有怀芝姊》"天涯一寸相思月,分照两边离绪"曰:"一样的月照两样的人,和'月子弯弯'的歌,同一意思。"评俞庆曾《青玉案·戏代牵牛答织女》"清虚紫府,丹山碧海,种遍相思树"曰:"天上也有相思树,莫怪龚定盦说'人间无地署无愁'了。"评关锳《卜算子·示霭卿》曰:"把'陌上花开,可缓缓归矣'的话,翻出新意来。"评徐元端《凤凰台上忆吹箫·梦中送别》曰:"如读《牡丹亭·惊梦》折。"评吕碧城《玲珑四犯》(一片斜阳)曰:"悲壮似不让'大江东去',回念祖国,更觉热情勃勃。"

其次,范烟桥对词作主旨、意境、风格、作法等的提点也很精妙。

概括主旨如评吕碧城《陌上花·感宋宫人饯汪水云事》曰:"把儿女事,写出兴亡影子,越见凄清。"评赵我佩《苏幕遮》曰:"第一阕是晓妆,第二阕是绮梦,第三阕是不寐。"评齐景云《浣溪纱》(晓起无人上玉钩)曰:"是写离愁。"评顾信芳《浣溪纱》(凤髻梳成整翠钿)(嫩绿新红映碧池)曰:"是伤春。"

描摹意境如评吴琼仙《唐多令·题竹阴美人画扇》"望妆台、只隔红墙。半露腰身刚一搦,便料得,小鞋帮"曰:"上半阕的结句,比画还活。"评许玉晨《浣溪纱·夏闺》曰:"静!"评商景兰《醉花阴·闺怨》曰:"到底是梦?到底是不寐?迷离惝恍,不可究诘。"评庄盘珠《醉花阴·清明》曰:"有些儿鬼气。"提示风格及作法如评丁宁《念奴娇·题虞美人便面》曰:"蕴藉中慷慨。"评吴静闺《虞美人·兰》"湘帘水簟秋初卷,人在西风宛"曰:"一个'宛'字,押得玲珑剔透。"

再次,范烟桥善于体贴、阐发抒情主人公神态、心理、情感、志趣、性格、遭际等,或同情认可,或对话商量,有时还故作诙谐、幽默,开个玩笑,令人读来趣味盎然!范烟桥的电影剧本、歌词及小说创作善于揣摩女性心理、化用女性口吻,与他曾下工夫评点女性词不无关系。

摹画神态如评叶小鸾《上阳春·柳絮》"飘飘闪闪去还来,拾取间、浑无语"曰:"柳絮最容易'咏',但是最不容易见好,用'疯话'作结,便别致。从此我们又可以想见叶小鸾这个小女子,是多么轻狂啊!"评张友书《蝶恋花·春闺》曰:"句句是懒洋洋的。"

评钱斐仲《菩萨蛮·嬉春》曰："是好动的女郎。"评孙芙影《菩萨蛮》曰："是病美人。"评陈翡翠《喜迁莺·有怀》曰："眉间有英爽气。"

体贴心理、情感如评曹景芝《虞美人·蟋蟀》曰："蟋蟀会诉离愁，奇想！愁人禁得几个这般的黄昏，奇闷！"评江瑛《谒金门·忆大姊》曰："'西风吹堕叶'，何等境界！倚槛低徊的伊，已满觉凄凉，不知趣的月偏又照上了闲阶，奈何奈何！"评商景兰《菩萨蛮·忆外，代人作》"梦到相思地，难诉相思意。夜雨渡芭蕉，怀人正此宵"曰："已经梦到了相思地，却又说不出相思意，苦极！"评沈宛《菩萨蛮·忆旧》"醒来灯未灭，心事和谁说。只有旧罗裳，偷沾泪两行"曰："只有梦回，最易惹动心事，比未入梦前更恶。"评王微《忆秦娥·月夜卧病怀宛叔》"烟散月消花径窄，影儿相伴人儿隔。人儿隔，梦又不来，醉疑在侧"曰："影儿相伴，已自可伤，醉疑在侧，何堪醒后！"评陆惠《如梦令·寄外子客馆》"正苦花深雾重，密字衔来青凤。一字一明珠，照彻心心俱痛。如梦，如梦，梦里将愁细种"曰："无信要相思，有信又心痛，做人真难。"评沈静专《画堂春·春感》"瞥见侵帘仄月，回伤别坞啼鹃。当时犹怨别离船，忍隔重泉"曰："生离已可感，死别更堪怜。"

阐发志趣、性格、遭际如评陆蒨《柳梢青·自题〈拈花小影〉》曰："有出尘想。"评吕碧城《点绛唇》(野色横空)曰："是能欣赏自然之美者！"评顾慕飞《丑奴儿·咏扇》"秋来便合藏怀袖"曰："扇不秋捐，犹藏怀袖，足见多情。"评喻撰《浣溪纱·示莲女》"道韫才华妙静女，少君风范是良师，耽书休似阿娘痴"曰："耽书确是痴情的根苗。"评沈友琴《浪淘沙·月下桃花》曰："善自排遣，也是乐天一派。"评王兰佩《苏幕遮》(靥边红)曰："是聪明人，聪明语！正因了先自心醉，然后成病。"评王韵梅《一萼红》(意阑珊)曰："是一个不得佳偶者。"

诙谐、幽默的评点往往指涉全词的佳句、亮点，于是，玩笑便在引逗读者开心一笑的同时，也具备了提示他们品味佳妙的功效。如评王洁明《瑞鹧鸪·送愁》"何时双雁南归，打听愁来处、买轻舟。送往天涯去也休"曰："恐怕飞船、气艇也送他不去。"评沈宜修《菩萨蛮·暮》"小楼应寂寞，一夜江枫落。雁唳碧天长，残更敲断肠"曰："打更的负不起这个责任罢？"

评毛媞《采桑子·春闺》"琐窗深处无人见，别是幽清。此际心情，翻怪桃花照眼明"曰："干桃花甚事！"评江瑛《菩萨蛮·留别秋玉》"团圆天上月，暂满依然缺。何苦太分明，照人离恨深"曰："月儿确是多事。"评郑兰孙《浣溪沙》"梦欲寻时偏寐少，事难言处最情长，不堪回首耐思量"曰："不梦不言，岂不干净！"

当然，范烟桥的评点及《销魂词选》一书，也有一些瑕疵。有些评点甚是无谓，有硬凑之嫌，如评齐景云《浣溪纱》"满眼落红黏别泪，一天疏雨织春愁"曰："是写离愁。"有些词人小传或词作署名有误，如周兰秀小传云其为"应懿的女"，实为孙女；唐韫贞小传云其夫为"董介贵"，实为"苏介贵"；叶纨纨《浣溪纱·赠婢》，据《午梦堂集·返生香》，应属叶小鸾。有三首词作重出。意在编通代词选，然明以前词选录甚少。文字上的讹误也比较多。不过，这都是小瑕，整理后就大多不存在了。

近代以来，在妇女解放思潮的鼓动下，历史上女性的生活及著作也受到关注，从而掀起中国妇女史及女性文学研究、编选的热潮。尽管当时的主流意识形态"'五四'妇女史观"视女性为在传统社会饱受父权压迫、摧残的受害者，但这一观念在不同形态的著作中有不同程度的呈现：一般来说，建构性的妇女史、文学史专著，更容易受"'五四'妇女史观"影响，"以论带史"；而资料性的女性词选、诗选等，则可能蕴含着有意思的张力。范烟桥《销魂词选》是其时涌现出来的十余部女性词选中编者评点最为丰富的佳构，故对这种张力体现得分外明显：既贴有"'五四'妇女史观"标签，也呈现了女性的主体性、能动性与社交、精神生活之丰富，对女性文学特质有所表彰。而读者阅读这些选本，可能在认同序跋中表明的"'五四'妇女史观"，投身妇女解放运动的同时，也为作品所彰显的女性主体性、能动性感染，激发起改变现实的动力。这一方面提醒我们，无论是研究历史还是研究学术史，都要忠实于自己对史料、文本的真切阅读感受，不能被任何教条、成见"绑架"。另一方面也提示我们，不论是从事研究还是改变现实，都要兼顾制度和主体，正如有学者所指出的，"从不存在没有任何能动性的主体，也从不存在不受制度约束的主体"，"对主体的追寻，并不能完全解除父权制度的压迫性"，而"'五四'妇女史观"在"呼吁解放妇女的同时，问题化了妇女，把妇女塑造成了中国社会的问题，需要改造的对象"。"我们需要结合革命范式对于制度性压迫的关注，以及主体性范式对妇女能动性的承认，把主体和制度同时纳入分析视野，才能走出把妇女面临的问题归咎妇女自身的悖论，把妇女视为推动社会变革的主体力量，看到妇女参与的可能性和重要性。"①

《销魂词选》由上海中央书店"民国二十三年八月"初版，次年二月再版，足见畅销！这次整理，即以再版本为底本，参校诸人词集以及校勘精审的词总集等加以订正，并出校勘记说明。由同乡、同事兼好友蒲宏凌整理出初稿，再由我审校一过，撰写导读。宏凌兄功底扎实，为人敦朴，此书即我俩友谊的见证。导读承蒙汪涌豪老师垂青、刘婷女史编校，刊于《复旦学报》2024 年第 1 期。这套丛书从策划到编辑，陈骥、樊令二兄付出了很大辛劳。谨此一并致谢！

1933 年，年届不惑的男子范烟桥编选《销魂词选》，不无推动妇女解放之意。近百年后，两个同样

①　宋少鹏：《革命史观的合理遗产——围绕中国妇女史研究的讨论》，《文化纵横》2015 年第 4 期。

年届不惑的男子我和蒲宏凌整理了此书。虽然此时男女平等已成为立法的基本精神，但对女性制度、习俗与文化上的压迫、歧视不能说已完全消除了，两性互补、平等而和谐的理想不能说已充分实现了，相反，"Metoo"运动等提醒我们，"路漫漫其修远兮"。今年，诺贝尔经济学奖授予了哈佛大学的克劳迪娅·戈尔丁女士，据说，她首次全面考察了几个世纪以来妇女的收入和劳动力市场参与情况，揭示了变化的原因及剩余性别差距的主要来源。我们整理《销魂词选》，不无激励读者正视现实问题、发挥改革的主体性与能动性之意。

陈斐

2023 年 11 月 16 日于京华坐啸斋

序言

　　什么是词？词从什么东西演变而来的？这是词学上的重要问题，不是在这部书所能解答的。这部书有什么意义？我可以引王灼《碧鸡漫志》的一段话来作引子，他说：

　　　　盖隋以来，今云所谓"曲子"者渐兴，
　　至唐稍盛，今则繁声淫奏，殆不可数。古歌
　　变为古乐府，古乐府变为今曲子，其本一也。

曲子就是词的前身。所谓"繁声淫奏"既然成了曲子的特质，那么，词的大概也可以推想了。所以，展开词人的集子来读一遍，总是充满着热烈的儿女之情，或者也可以说，没有这种风味的词，不会引起读者快感和同情的。虽是苏东坡的"大江东去"、辛稼轩的"千古江山"和汉高祖的《大风歌》、魏武帝的《短歌行①》一般的悲歌慷慨，也为词的批评家所欣赏，但这样的词，实在不多，还是那"繁声淫奏"的占着最大多数。宋代几个大政治家，都有侧艳的词。像爱国爱民的欧阳修，有"去年元夜时，花市灯如昼。月上柳梢头，人约黄昏后。   今年元夜时，月与灯依旧。不见去年人，泪满春衫袖"的一首幽期密约的《生查子》。才兼文武的寇准，有"柔情不断如春水"的《夜度娘》曲。胸中有十万甲兵的范仲淹，有"愁肠已断无由醉，酒未到，先成泪。残灯明灭枕头欹，谙尽孤眠滋味"的《御街行》。风骨崚崚的司马光，有"相见争如不见，有情还似无情"的《西江月》。宋代理学，不能遏制词人的性的热情，也是一桩奇事。词的所以永远成为"繁声淫奏"，也是因着贵族阶级，都把这一类的特质发挥光大，所以到了后来，差不多成了词的普遍性。没有这种普通性，就不能认为一首好词了。

在当时，自然受过一般人的抨击的，《东轩笔录》说：

---

① 行　底本脱，据《曹操集》（P.5）补。

王安国性亮直，嫉恶太甚。王荆公初为参知政事，闲日因阅读晏元献公小词而笑曰："为宰相而作小词，可乎？"平甫曰："彼亦偶然自喜而为尔，顾其事业，岂止如是耶！"时吕惠卿为馆职，亦在坐，遽曰："为政必先放郑声，况自为之乎？"平甫正色[①]曰："放郑声，不若远佞人也。"吕大以为议己，自是尤与平甫相失也。

但到底有许多人援"孔子不删郑卫"的例，不加苛责。所以，词终究得到春风的嘘拂，常在温馨的怀抱里滋荣着。

在男子为中心的社会里，男子所作的词，男子的词里所发泄的热情，是虚伪的，是粉饰的，是勉强的。深刻的说一句，多少总含有一点侮辱性的。我们要寻觅真的热情，非到富有情感的女子的词里去找不可！女子在男子中心的社会里，处处受男子的操纵、压迫、欺骗、藐视。伊们有的是屈服，有的是抵抗。无论是屈服，或者是抵抗，都应有一种对于性的发泄。经过

---

① 色　底本作"式"，据《东轩笔录》（P.52）改。

多愁善感的陶冶，自然一字一句都是以回肠荡气了。所以，我所选的女子词，题名"销魂"。秦观的《满庭芳》词：

> 销魂。当此际，香囊暗解，罗带轻分。
> 漫赢得秦楼，薄倖名存。此去何时见也？襟
> 袖上、空染啼痕。

销魂的意义，当然不只江淹所说的"惟别而已矣"了。杨蓉裳序纳兰容若词：

> 凄风暗雨，凉月三星，曼声长吟，辄复
> 魂销心死。

这几句话，比较的可以认识得词的真意义。我现在所选的词，当然是"销魂心死"的程度，要比容若的词加上几倍。那么，这个书名，题得还不算失当罢。

宋代自然是词的黄金时代。但宋代女子词，寥寥可数，几阕有名的词，早已脍炙人口，经过许多选家的采录了。明清两代女子的词，也非常发达。这时候，

曲和弹词也登上了女子文坛。杨升庵（慎）的继室黄夫人就有赤裸裸地描写性欲的曲：

> 实指望花甜蜜就，谁承望雨散云收，因他俊俏我风流。鼻凹儿里砂糖水，心窝儿里酥合油，餂不着空把人拖逗。

那部《夫妇散曲》里，可以看到夫唱妇随之乐，比赵松雪和管夫人还要热烈而一无掩饰。吴江诸叶，因着天寥道人（绍袁 [①]）的领导，家庭里充满了文学的空气，差不多人人有集。尤其是词，都写得出色。清初几部有名的弹词，都是出于女子之手，虽是艺术上不及词的高深，但至少也有一点词的熏陶。袁随园（枚）、陈碧城（文述）广收女弟子，又造就不少的女作家。虽然袁门诗人为多，到底文学给与女子一个狠大的乐园，任伊们自由自在的掉臂游行了。所以，我所选的"销魂词"，以明清两代为多。

自从新文化运动振起以后，女子文学自然也起了轩然大波。无拘无束的新体诗，极端的发达，有规律

[①] 绍袁　底本作"绍远"，据史实改。

有格局的词，如何不遭厌弃呢！只有几位沉浸在文学的陈酒里的女词人，还在"平上去入"的推敲、斟酌，可是也寥寥可数了。所以，生存的近代女子的词，实在选的很少，这是无可奈何的事实。

词的生存，在中国的文坛，已有八百多年的历史，除掉几个已经传名的作家以外，浮沉在人的印象中的，能有几人？伊们一生心血的结晶，能有多少？给我选取的，不过几千分之几，真像砂里淘金。我不敢说选得怎样好，但我敢说所选的，至少是作者最有真性情寄托的作品，至少可以看出一时代的女子思想、情绪、生活的一斑。所以，我在这里致一句的介绍词：

这部书，是中国近六百年女子的呼声。不过为了时间的匆促，参考的书籍不充实，一定有许多谬误，还得请有文学同嗜的读者加以指正！

烟桥写于《珊瑚》编辑室
二十二年五月

目录

一、怀人

厮混在一起的伴侣，一旦作客他乡，怎么不引起怀念？南唐李后主降宋后，与金陵旧宫人书说："此中日夕，只以眼泪洗面。"又作长短句云："帘外雨潺潺，春意阑珊。罗衾不耐五更寒。梦里不知身是客，一晌贪欢。　独自莫凭栏，无限关山。别时容易见时难。流水落花春去也，天上人间。"情意凄惋，真有无可奈何的景况。女子怀念伊们的伴侣，如何情绪呢？我们看了下面的几阕词可以明白，伊们的心理和男子正有相同的况味呢。不过，女子是素性矜持的，除掉怀念兄、弟、姊、妹、丈夫、女友以外，其他绝对不敢形诸笔墨的。中国妇女文学，没有一首怀念恋人的词，正是一个大缺陷。

沈宜修

沈宜修，字宛君，明吴江人。山东副使珫的女，主事叶绍袁的妻。有《鸝吹集》。

玉蝴蝶　思张倩倩表妹

蓦地流光惊换，画阑一带[一]，烟柳初齐。乍暖轻寒，庭院尽日帘垂。送愁来、数声啼鸟，牵梦去、几树游丝。忆当年，情含宝帐，未解春思。　　堪悲，盈盈极目，几多江水，隔若天涯。恨结丁香，也应还自怪香蒸。漫思量、花前旧约，空惝怅[二]、虚负芳期。又谁知，夜窗魂断，晓镜低眉。

【评析】

上半阕的结句，揣摩少女的心情，狠幽默而尖锐。

【校记】

[一] 阑 《午梦堂集·鸝吹》（P.226）作"栏"。
[二] 惝 《午梦堂集·鸝吹》作"惆"。

沈静专[一]

沈静专，字曼君，明吴江人。宛君的妹，吴适之的妻。因境遇的困厄，做的诗词，都满含着凄凉之音。有《适适草》。

醉公子　忆梦中美人

无意拈花片，有恨抛针线。细想梦中人，芳姿记未真。　　默坐还相忆，珠泪和香滴。月色到窗纱[二]，寻思暗抵牙。

【评析】

"暗抵牙"是何等的情景？只有女子自己去体想，最够味。

【校记】

[一] 此词《适适草》未收。《全明词》（P.1576）据《众香词》射集属李玉照，是。

[二] 窗纱　底本作"纱窗"，据《全明词》改。

周兰秀

周兰秀，字淑英，明人。应懿的孙女[一]，平湖孙愚公的妻。

踏莎行　秋怀

叶落平沙，云迷远树，山色模糊人唤渡。芙蓉笑摘上兰桡，轻鸥惊入波心去。　　衰柳含烟，凉蝉咽露，年年重觅王孙路。可怜人静玉楼空，满庭芳草家何处。

【评析】

从芳草满庭的"伊的家"想到"他的家"。"他的家"在何处？不必转语，已能想象了。

【校记】

[一] 孙　底本脱。据《嘉兴明清望族疏证》（P.569）考证，周兰秀为周应懿孙女，《全明词》（P.1576）小传亦云其为"周应懿之孙女"。据补。

周慧贞

周慧贞，字挹芬。明周文亨的女，秀水黄凤藻的妻。

风入松　述怀

　　几回惆怅厌临鸾[一]，扶病倚阑干[二]。逢人懒整云鬟乱，眉儿淡、留待郎看。消瘦不禁摇扇，遣情聊把琴弹。　　冰弦理罢展琅玕，描写恨千端。双双飞落檐前燕，衔泥转、故故成欢。何事比来轻去，夜深不得团圞。

【评析】

留待郎看的是"云鬟乱""眉儿淡"，其何以堪？"夜深不得团圞"，真是最够销魂的话。

【校记】

[一]鸾　底本作"莺"，据《全清词·顺康卷》（P.8423）改。
[二]阑　《全清词·顺康卷》作"栏"。

柳是

柳是，本姓杨，名爱，字影怜，号如是，一字蘼芜。明常熟
尚书钱牧斋的妻。因所居室为我闻室，自号我闻居士。牧斋
称伊为河东君，同游西湖，刻《东山唱和集》。晚年殉家难，
墓在常熟耦耕堂。

梦江南 [一] 怀人

　　人去也，人去鹭鹚洲。菡萏结为翡翠恨 [二]，柳
丝飞上钿筝愁，罗幕早惊秋。

　　人去也，人去梦偏多。忆昔见时多不语 [三]，而
今偷悔更生疏，梦里自欢娱。

　　人何在，人在木兰舟。总见客时常独语，更无知
处在梳头，碧丽怨风流。

　　人何在，人在画眉帘 [四]。鹦鹉梦回青獭尾，篆
烟轻压绿螺尖，红玉自纤纤。

【评析】

"人去梦偏多"，还算"慰情聊胜于无"。

【校记】

[一] 此组词见《柳如是诗文集·戊寅草》(P.91—96)。原组词凡二十首,此为之二、之九、之一四、之一九。

[二] 菡萏　底本作"萏菡",据《柳如是诗文集·戊寅草》改。

[三] 见时　底本作"时见",据《柳如是诗文集·戊寅草》改。

[四] 帘　底本作"楼",据《柳如是诗文集·戊寅草》改。

叶纨纨

叶纨纨,字昭齐。明虞部绍袁的长女,嫁袁氏。有《愁言集》[一]。

锁窗寒　忆妹

萧瑟西风,啼螀满院,辘轳声歇。流萤暗照,归思更添凄切[二]。更那堪、近来信稀,盈盈一水如迢递。想当初相聚,而今难再,愁肠空结。　　从别,数更节。念契阔情惊,惊心岁月。旧游梦断,此恨凭谁堪说。渐江天、香老苹洲,征鸿不向愁时缺。待听残、暮雨梧桐,一夜啼红血。

【评析】

伊的妹就是小鸾。这是伊在嫁后所作。

【校记】

[一] 愁言　底本作"言愁",据《午梦堂集·愁言》(P.326) 改。
[二] 更　《午梦堂集·愁言》作"顿"。

叶小鸾

叶小鸾，字琼章，一字瑶期，自号煮梦子。绍袁的幼女，早亡。有《返生香集》。

谒金门 [一]　秋晚忆两姊

情脉脉，帘卷西风争入。漫倚危楼窥远色，晚山留落日。　　芳树重重凝碧，影浸澄波欲湿。人向暮烟深处忆，绣裙愁独立。

【评析】

"影湿"，是何等灵思妙想！两姊是纨纨和小纨。

【校记】

[一] 此词见《午梦堂集·返生香》（P.402）。

叶小纨 [一]

叶小纨，字蕙绸。小鸾的姊，诸生沈永祯的妻。有《存余草》。

踏莎行　过芳雪轩忆昭齐先姊

　　芳草雨干，垂杨烟歇[二]，鹃声又过清明节。空梁燕子不归来，梨花零落如残雪。　　春事阑珊，春愁重叠，篆烟一缕销金鸭。凭阑寂寂对东风，十年离恨和天说。

【评析】

把上面纨纨的词参看，便见得姊妹们的相思情绪，是同一的。

【校记】

[一] 此词《全明词》（P.2256）、《午梦堂集·补遗》（P.941）据《笠泽词征》属叶小纨，《全明词》（P.2389）据《历代闺秀诗余》属叶小鸾。待考。

[二] 歇　《午梦堂集·补遗》作"结"。

沈宪英

沈宪英，字蕙思，一字兰支。明中书沈自炳的长女，与沈宛君为嫡姑侄，嫁叶世倐。生平著作极多。

点绛唇^[一] 忆琼章姊

帘外轻寒，谢娘风絮无人见。桃花如面，肠断春归燕。　　人去瑶台，只觉东风贱。花成霰，夕阳千线，烟锁深深院。

【评析】

小纨恨着不归来的燕，伊又恨着归来的燕，燕也左右为难了。

【校记】

[一] 此词见《午梦堂集·彤奁续些》(P.839)。

颜绣琴

颜绣琴，字清音，明吴县人。嫁分湖叶氏。

长相思　忆叶昭齐表妹

思漫漫，恨漫漫。春色芳菲取次看[一]，闲庭花影寒。　　绕阑干，倚阑干[二]。梦见虽多相见难，红香泣夜残。

【评析】

平凡的思绪，却有深刻的热情。

【校记】

[一] 取次　《午梦堂集·彤奁续些》（P.853）作"若个"。

[二] 绕……倚阑干　《午梦堂集·彤奁续些》作"倚栏干，凭栏干"。

江瑛

江瑛,字蕊珊,清甘泉人。解元江璧的妹,汪阶符的妻。有《绿月楼词》。

谒金门　忆大姊

　　雨初歇，远树啼鸟声咽[一]。寂寂窗棂寒怯怯，西风吹堕叶。　　又是暮秋时节，难遣别情凄切。倚槛低徊肠似结，闲阶空剩月。

【评析】

"西风吹堕叶"，何等境界？倚槛低徊的伊，已满觉凄凉，不知趣的"月"偏又照上了闲阶，奈何奈何？

【校记】

[一]远　《绿月楼词》(P.2) 作"绕"。

关锳 [一]

关锳，字秋芙，清钱塘人。诸生蒋坦的妻。学书于魏滋伯，学画于杨绪白，学琴于李玉峰，是一个多才多艺的女子。但为多愁善病，后来就学佛。蒋坦为了伊，著一卷《秋灯琐忆》。伊自己有《梦影楼词》《三十六芙蓉诗存》两种。

柳梢青　旧雨人遥，绿波春皱，江南草长莺啼，正昔年联袂时也。枨触余怀，漫拈此解 [二]

　　杨柳风和，昔年此日，曾听笙歌。东阁官梅，西窗画烛，南浦烟波。　　无端眉上心窝，有别恨、离愁许多。春去还来，愁来不去，春奈愁何。

【评析】

春已可恶，愁比春更可恶。人无奈愁何，不怪，却怪春也无奈愁何。句法亦妙绝。

【校记】

[一] 关锳　底本作"关瑛"，据《梦影楼词》署名改。下文径改。
[二] 此词《梦影楼词》未收。《吴藻集·花帘词》（P.4129）属吴藻，是。
枨　底本作"怅"，据《吴藻集·花帘词》改。

郑兰孙

郑兰孙，字娱清，清钱唐人。扬州府经历仁和徐鸿谟的妻，侍郎徐琪的母。有《莲因室词》。

菩萨蛮[一]　忆夫子

　　垂垂帘幕深深院，绣床风紧红丝乱。微雨又新秋，客心愁不愁。　　登楼眉黛蹙，江水依然绿。酒醒一灯残，离多梦转难。

【评析】

一般人总说离多梦易，伊偏说离多梦难。连最容易的梦也做不着，相思之苦可想。

【校记】

[一] 此词见《莲因室诗词集》(P.1073)。

商景兰

商景兰，字媚生[一]，清会稽人。明吏部尚书商周祚的女[二]，清谥"忠惠"祁彪佳的妻。有《锦囊诗余》。

菩萨蛮　忆外，代人作[三]

　　腊花香动烟中影，纱窗半掩罗帏冷。孤雁宿沙汀，寒砧梦里声。　　梦到相思地，难诉相思意。夜雨渡芭蕉，怀人正此宵。

【评析】

已经梦到了相思地，却又说不出相思意，苦极！

【校记】

[一]媚生　底本作"眉生"，据《历代妇女著作考》（P.155）改。

[二]商周祚　底本作"商景祚"，据《历代妇女著作考》改。

[三]《商景兰集·锦囊诗余》（P.16）题作"代人忆外"。

陈沅

陈沅，字圆圆，一字畹芬，明武进人。有《舞余词》。

荷叶杯 [一]　有所思

　　自笑愁多欢少，痴了，底事倩传杯。酒一巡时肠九回，推不开，推不开。

【评析】

推不开，就不推罢！

【校记】

[一] 此词见《全明词》(P.2162)。

冯兰因

冯兰因，字玉芬，清南汇人。冯墨香先生的女，嫁同邑王氏。有《鲛珠词》。

酷相思　怀归佩珊

为问侬愁愁有几。道江水、深犹未。就剪断莲丝剖绿薏[一]。心上也、难抛弃。眉上也、难回避。　相思看得何轻易。受尽酸辛味。待验取痴情真与伪。衾枕也、千行泪。衣袖也、千行泪。

【评析】

衾枕上的泪，衣袖上的泪，确是痴情的铁证。

【校记】

[一] 就剪断　底本作"剪就"，据《闺秀词钞》（P.16）改。

许珠

许珠，字孟渊，号蕊仙。清诸生许简的女，震泽吴焕的妻。有《萱
宦吟稿》[一]。

醉花阴　感旧，怀韵珊夫人

　　北舫南船弦管奏，灯月明如昼。江畔度元宵，有
个人人，同醉黄花候[二]。　　分襟那得重相守，往
事空回首。莫道不思量，百转千回，赢得庞儿瘦。

【评析】

有白乐天《琵琶行》的情况。

【校记】

[一]萱宦　底本作"宪莒"，据《萱宦吟稿》（P.93）改。

[二]花　《萱宦吟稿》作"昏"。

张蘩 [一]

张蘩，字采于，清长洲人。吴士安的妻。有《衡栖词》。

江城子　久雨，忆涤庵姊 [二]

湘帘不卷雨蒙蒙。镜台封，晚妆慵 [三]。春山休染，一任淡眉峰。脉脉离情曾未惯，百里外，有人同。　　盈盈一水隔难通。思无穷，忆相逢 [四]。记得临歧，携手话匆匆 [五]。欲倩春潮和泪点，流取去，到吴淞。

【评析】

不知春潮可肯接受这个付托?

【校记】

[一] 张蘩　《全清词·顺康卷》（P.7291）作"张繁"。

[二]《全清词·顺康卷》题作"久雨忆姊"。

[三] 晚　《全清词·顺康卷》作"晓"。

[四] 忆相逢　《全清词·顺康卷》作"怨东风"。

[五] 携　《全清词·顺康卷》作"握"。

袁绶

袁绶,字紫卿,清钱塘人。枚的孙女,吴国俊的妻。有《瑶华阁词》。

临江仙　忆诸女伴[一]

记得晓妆临宝镜,万梅花绕红楼。髻云同绾两鬟秋。卖花声过了,犹未卷帘钩。　　鹊鼎香温烟乍颤,微风细揭罗帱。鸾笺拂罢检诗筹[二]。吟成先脱稿,赢得玉搔头。

【评析】

伊是乐天主义者,感不到什么离愁。

【校记】

[一]《瑶华阁集·瑶华阁词补遗》(P.4075)无此题。

[二]检 《瑶华阁集·瑶华阁词补遗》作"拣"。

钱念生

钱念生，字咀霞，清常熟人。有《绣余词》。

钗头凤　寄怀

腰如搦，眉如削[一]，无端臂褪黄金约。灯销晕，香销烬。衾儿无梦，雁儿无信。闷！闷！闷！　秋衫薄[二]，秋风恶，感秋人被秋缠缚。归期问，何时稳。签儿无据，卦儿无准。恨！恨！恨！

【评析】

求签问卦，是旧时女子的别离生活。明知无据无准，还是要求，还是要问。

【校记】

[一]眉　《绣余词草》（P.1433）作"人"。

[二]薄　底本作"簿"，据《绣余词草》改。

陈翡翠

陈翡翠，字碧珩，清吴县人。

喜迁莺^[一] 有怀

谁能忘得。是前夜灯光，去年春色。月小时来，月高时去，梦里还呼堪惜。半吐半吞心事，难住难留踪迹。飘摇似，纥干冻雀，未成羽翼。　　相忆。分离后^[二]，换来骏马，纵好如何值。叶上荷珠，风前蜡炬^[三]，能度几番朝夕。绝怪阿苏短倖，耳畔东东忘忆^[四]。含凄妒，燕脂赵粉，成双成匹^[五]。

【评析】

眉间有英爽气。

【校记】

[一] 底本调名作"喜莺迁"，据《全清词·顺康卷》（P.9403）改。

[二] 后　《全清词·顺康卷》作"处"。

[三] 蜡炬　《全清词·顺康卷》作"残蜡"。

[四] 忆　底本作"臆"，据《全清词·顺康卷》改。

[五]《全清词·顺康卷》词末小注云："鹦鹉，一名阿苏。东坡诗：'鹦鹉不知人去后，耳边犹自唤东东。'东东，东坡婢名。"

劳纺

劳纺，字织文，清桐乡人。乃宣的女，陶葆廉的妻。有《织文女史诗词遗稿》。

高阳台　秋雨怀三姊五妹

　　小雨催诗，高柯坠叶[一]，凄凉作尽秋声。恨已难消，秋声更不堪听。朝来试卷疏帘看，惜庭花、一半飘零。最萧条、篱菊开迟，未着寒英。　　家乡迢递三千里，怅怀人滋味，几次曾经。天末遥峰，青青遮断归程。归书但道安无恙，纵伤心、怕说离情。到重阳、不插茱萸，也自愁生。

【评析】

原来许多平安家报，隐隐有泪痕。

【校记】

[一]坠　《闺秀词钞》卷一五（P.25）作"堕"。

王微

王微,字修微,清广陵妓^[一]。自号草衣道人。有《樾馆诗》数卷。

忆秦娥　月夜卧病怀宛叔

　　因无策,夜夜夜凉心似摘。心似摘,想他此际,闲窗如昔。　　烟散月消花径窄^[二],影儿相伴人儿隔。人儿隔,梦又不来,醉疑在侧^[三]。

【评析】

影儿相伴,已自可伤,醉疑在侧,何堪醒后?

【校记】

[一]《全明词》(P.1775)小传云:“广陵人。生卒年不详,明崇祯年间在世。七岁丧父,飘落无依,乃为妓。初归茅元仪,晚归许誉卿,皆不终。”
[二]花　《全明词》作“香”。
[三]醉　《全明词》作“醒”。

顾信芳

顾信芳，字湘英，清太仓人。程锺的妻。有《生香阁词》。

水龙吟　怀雪香季妹

　　瘦红庭院销魂，离心恰比梅心苦。无穷山色，无情杜宇，催人归去。前度分携，今番别恨，鬓霜千缕。更那堪一抹，裙腰芳草，又还认，来时路。　　依稀雁行联袂，忆曾向、啸台同步。篱外吹香，帘边伴影，素蟾初吐。何事多情，和天也妒，竟成暌阻[一]。这相思何日，重来花底，对伊家诉。

【评析】

姊妹的离怀，又是一种说法。

【校记】

[一] 暌　《全明词》（P.3050）作"暌"。

许庭珠

许庭珠，字林风，清娄县人。姚椿的妻。

采桑子[一] 寄怀李纫兰妹

年年望断春江碧，怕倚层楼。不忍凝眸[二]，山外云山愁更愁。 凄凉远梦惟灯见，数尽莲筹。闲却香篝，人在春风冷似秋。

【评析】

春意秋意，只是人意，可改成语为"春者见春，秋者见秋"。

【校记】

[一]此词《闺秀词钞》卷一〇（P.10）据《词综补》属许庭珠，《生香馆词》属李佩金。待考。

[二]忍 底本脱，据《闺秀词钞》《生香馆词》补。

陈星垣

陈星垣，字仲奎，清上元人。之骥的女，何忠万的妻。有《秋棠轩诗词》。

菩萨蛮　见雁有怀 [一]

楚天无尽秋将夕，画屏人瘦罗云碧。筝柱十三行，离情烟水长。　　江南书远报，万一今年到。城郭是耶非，那人归不归。

【评析】

那人何人？耐人寻味。

【校记】

[一] 怀　《闺秀词钞》卷一六（P.5）作"作"。

沈宛

沈宛，字御蝉，清乌程人。纳兰成德的妻。有《选梦词》。

菩萨蛮　忆旧

雁书蝶梦皆成杳，云窗月户人清悄[一]。记得画楼东[二]，归骢系月中。　　醒来灯未灭，心事和谁说。只有旧罗裳，偷沾泪两行。

【评析】

只有梦回，最易惹动心事，比未入梦前更恶。

【校记】

[一]云窗月户人清悄　《全清词·顺康卷》(P.9616)作"月户云窗人悄悄"。
[二]东　底本作"中"，据《全清词·顺康卷》改。

张阿钱

张阿钱，字曼殊，清河间人。毛大可的妾。

减字木兰花 [一]　寄姊

离怀谁诉，手折莲花心自苦 [二]。别恨还多，长日无心画翠蛾。　　绮窗自省，蝴蝶蹁跹交扑影。寄语闺妆，不独薰风断我肠。

【评析】

莲子心苦，折他则甚?

【校记】

[一] 此词底本"投赠"篇吴文柔《谒金门·寄汉槎兄塞外》后重选，并评云："没有薰风，那来胡蝶？"今删后者。

[二] 折 《全清词·顺康卷》(P.3749) 作"摘"。

范姝

范姝，字洛仙，明如皋人。有《贯月舫集》[一]。

浣溪纱　月夜怀延公[二]

　　庭竹萧萧弄晚风[三]，月光如洗露华浓，瑶阶花影自重重。　　非爱良宵清不寐，因怜归燕思无穷，夜深独倚画楼东。

【评析】

良宵不寐，为怜归燕，恐怕燕归来了，更不成寐。

【校记】

[一] 集　底本作"乐"，据《全明词》（P.1788）作者小传改。

[二]《全明词》题末多"夫子"。

[三] 萧萧　《全明词》作"潇潇"。

赵我佩

赵我佩,字君兰,清仁和人。庆煊的女,举人张上策妻[一]。有《碧桃馆词》。

探芳信　湖上探梅,追忆君莲,用梦窗韵[二]

趁清昼。好岭上探芳[三],堤边载酒。只玉波无恙,青山尚依旧。东风识得词人面,笑比梅花瘦。怕重来、软绿成阴,乱红飞甃。　　何处笛声骤。正梦醒乌蓬,泪凝螺岫。湖水湖烟,相看断肠否。剧怜冢畔香魂杳,往事空回首。感流光,又见春归细柳。

【评析】

人比梅花瘦,又成一个新典故。

【校记】

[一]庆煊　底本作"庆熹时",据《中国词学大辞典》(P.247)改。
张上策妻　底本脱,据《中国词学大辞典》补。
[二]梦窗　《碧桃馆词》(P.33)作"草窗"。
[三]探　底本作"采",据《碧桃馆词》改。

顾渭清

顾渭清，南汇人。祉宣的女，王□□的妻。

临江仙 [一]　忆友

　　记得软红帘外立，柳丝花朵垂肩。斜阳黄到袜罗边。瞒他双蛱蝶，低语笑涡偏。　　惆怅娇云如梦别，湖山依旧年年。关情芳草绿相牵。知音何处觅，对景独流连。

【评析】

上半阕是欢聚时情景。

【校记】

[一] 此词见《红梵精舍女弟子集》卷下（P.4）。

许心箴

许心箴，吴县人。

忆江南 [一]　忆旧

钿车响，辗过梦魂中。寒雨隔窗凉枕簟，怀人离绪正惺忪，灯影映帘栊。

【评析】

有马儿向东、车儿向西的情味。

【校记】

[一] 此词见《红梵精舍女弟子集》卷上（P.24）。

邵英戡

邵英戡，闽县人。

洞仙歌　怀旧

　　十年往事，算都成陈迹[一]。记得西窗数晨夕。共寻题检韵，瀹茗薰香，谭笑处，此景还疑昨日。　　而今憔悴甚，冷雨黄昏，心绪难禁重回忆。惆怅写长笺，盼尽飞鸿，遥天暮，黑云如墨。况又是寒蛩一声声，正病枕惊秋，遣愁无策。

【评析】

愁如可遣，秋亦不惊。

【校记】

[一]都　底本作"做"，据《红梵精舍女弟子集》卷上（P.4）改。

陈翠娜

陈翠娜，名璨，以字行，钱唐人。栩的女。有《翠楼吟草》。

东风慢[一]　秋夜有怀芝姊

　　病叶雕虫，圆蛛缯镜，赚成秋意如许。天涯一寸相思月，分照两边离绪。楼倚处，剩侬人瘦影凄凉，尚是旧时游侣。　　梦窄愁宽，酒寒茶苦，此夕如何度。眉山绿锁蓬山远，一样镜鸾羞舞。香半炷，正巴山独客无眠，坐听满窗秋雨。

【评析】

一样的月照两样的人，和"月子弯弯"的歌，同一意思。

【校记】

[一] 此词见《翠楼吟草》（P.68）。

二、咏物

　　借物兴感，这是词人的惯例，尤其是旧时女子，养在深闺，不多见世间万物，只是在眼所常见、耳所常闻的东西上深刻的观感，随时发出久伏的怀抱。换一句说，一切的意思都寄托在物上了。朱淑真《菩萨蛮·咏木樨》云："也无梅柳新标格，也无桃李妖娆色。一味恼人香，群花争敢当。　　情知天上种，飘落深岩洞。不管月宫寒，将枝比并看。"还只是平凡的思想。像伊同调《咏梅》云："湿云不渡溪桥冷，嫩寒初破霜钩影。桥下水声长，一枝和月香。　　人忆花似旧，花不知人瘦。独自倚阑干，夜深花正寒。"那就有言浅意深的滋味了。大概咏物，总是把物比人，物和人粘成一片，所谓"语带双敲"，就是咏物词的美点。还有咏香查什物，更觉柔情蜜意，不是男子所能体想得到的。

沈宜修

虞美人　瓶中腊梅

　　生香素面檀融晕[一]，懒傅何郎粉。胆瓶折取贮仙葩，试看渐将春色逗些些。　　纤枝不斗东风巧，耐雪冲寒早。镜前新写汉宫妆，却把玉颜淡淡拂轻黄。

【评析】

黄的玉颜分明是病容，但仗伊描写的技巧，也成了可餐的秀色。

【校记】

[一] 檀　底本作"擅"，据《午梦堂集·鹂吹》（P.214）改。

沈静专

蝶恋花　　蛱蝶花

舞向低檐依嫩绿。翠冷天涯^[一]，影断吹愁续。幻就云衣飞态足，粉烟浥露枝头浴。　　风动犹疑翻紫玉。引得佳人，误入花阴扑。静敛香须还自宿，蜂媒觅伴仍相促。

【评析】

究竟是花? 是蛱蝶? 不清楚了。

【校记】

[一] 翠冷 《适适草》(P.78) 作"冷翠"。

周慧贞 [一]

清平乐　春柳 [二]

春光缥缈 [三]，风锁何时了 [四]。赢得离亭人去杳，泪落随他多少。　　从教荡漾风前，纤腰欲折可怜。羡杀谢庭咏絮，休言张绪当年。

【评析】

泪落多少? 谁能转语!

【校记】

[一] 此词《全明词》(P.1584) 据《女子绝妙好词》属顾兰佩。待考。

[二] 《全明词》题末多"次庶其叔父原韵"。

[三] 渺 《全明词》作"缈"。

[四] 风 《全明词》作"烟"。

叶纨纨

三字令　咏香扑

疑是镜，又如蟾，最婵娟。红袖里，绿窗前。殢人怜，羞锦带，妒花钿。　　兰浴罢，衬春纤，扑还拈。添粉艳，玉肌妍。麝氤氲，香馥郁，逗湘帘[一]。

【评析】

下半阕无字不艳，似有一种不可说的温馨滋味在纸上。

【校记】

[一]逗湘帘　《午梦堂集·愁言》(P.323)作"透湘缣"。

叶小纨

浣溪纱　新月

　　纤影黄昏到小楼，弱云扶住柳梢头，卷帘依约见银钩。　　妆镜慵开才出匣[一]，蛾眉学画半含愁，清光先自映波流[二]。

【评析】

新月这们的娇怯！要"弱云"去扶他，却只扶住在颤巍巍的"柳梢头"，真是怪可怜见的。

【校记】

[一] 慵开才出　《午梦堂集·补遗》（P.939）作"试开微露"。
[二] 先自　《午梦堂集·补遗》作"自有"。

叶小鸾

上阳春 [一]　柳絮

　　点点离魂如雨，轻狂随处。天涯不识旧章台，更阻断、游人路。　　蓦地送将春去，燕慵莺怃。飘飘闪闪去还来，拾取问、浑无语。

【评析】

柳絮最容易"咏"，但是最不容易见好，用"疯话"作结，便别致。从此我们又可以想见叶小鸾这个小女子，是多么轻狂啊！

【校记】

[一]《全明词》（P.2380）调名作"洛阳春"，校云："调名原误作《上阳春》。"

赵我佩

青门引 [一] 飞絮

　　飘泊浑无定，可是东风薄倖。游丝无力绾应难，任它飞去，拼作天涯影。　　谢娘何事诗怀冷，憔悴江南景。金缕曲歌何处，阳关一阕人愁听。

【评析】

绾不住，便任他飞去罢！

【校记】

[一] 此词见《碧桃馆词》（P.10）。

周琼

周琼，字羽步[一]，一字飞卿。为人萧散警悟，有名士的态度。可是境遇很凄惨，直到饱经世故，才遇着吴梅村祭酒。伊的诗词，慷慨豪放，一洗女子刻翠剪红的脂粉气味，确是明代末叶杰出的女子。有《借红亭词》。

昭君怨　咏镜

一片青铜如月，照出妾颜如雪。雪月两堪夸，胜如花。　　背地檀郎情顾，恰似鸳鸯两个。含笑倚郎肩，月中仙。

【评析】
上半阕自负得可喜，下半阕自矜得可羡。

【校记】
[一] 羽步　底本作"羽仙"，据《全明词》（P.1886）小传改。

吴静闺

吴静闺，字佩典[一]，清曹村人。节妇吴贞闺的妹。嫁汝南周氏。

虞美人　兰

湘帘水簟秋初卷，人在西风宛[二]。暗香何处拂衣来，行过画栏深处蝶徘徊[三]。　　竹溪寒玉曾同倚，雪坞清无暑。一枝和露碧垂垂，恰似楚江寒雨夜来时[四]。

【评析】

一个"宛"字，押得玲珑剔透。给以前的诗人"王者香"的恭维，肉麻够了，把他比美人，倒还是屈大夫的本意。

【校记】

[一] 佩典　底本作"佩贞"，据《全明词》（P.1394）小传改。

[二] 宛　《全明词》作"苑"。

[三] 栏　《全明词》作"阑"。

[四] 恰　《全明词》作"怯"。

沈友琴

沈友琴，字参苻，清人。沈隐君的女，诸生周钰的妻。有《静闲居词》。

浪淘沙 [一] 月下桃花

　　清露酿花烟，皓魄无边。数枝低亚笑嫣然。一自天台迷路后，辜负年年。　　蟾影罩霞鲜 [二]，似共流连。茅斋相对恍疑仙。赚得东风今日好，莫为愁牵。

【评析】
善自排遣，也是乐天一派。

【校记】
[一]《全清词·顺康卷》（P.11686）调名作"卖花声"，同调异名。
[二] 蟾 《全清词·顺康卷》作"蝉"。

王淑

王淑，字畹兰，号长生。清仁和周光纬的妻。工诗善词，足以和朱淑真比美。有《竹韵楼琴趣》。

百字令　阑干

　　曲廊回绕，更玲珑卐字[一]，缠绵低亚。料峭春寒纤雨过，十二珠帘齐挂。芍药香浓，海棠红晕[二]，点缀文窗下。丛丛花影，倩他明月描画。　　曾记中酒心情，沉香亭北，几度春归也。万里怀人将拍遍[三]，珠泪无端偷洒。点笔重来，寻诗漫抚，还把乌丝砑。春长容悄[四]，倦时斜倚聊且。

【评析】

阑干是玲珑的，是缠绵的，亏伊想得出。还要明月替他描画，恐怕明月也要"谨谢不敏"了。

【校记】

[一] 卐　《竹韵楼诗词·竹韵楼琴趣》（P.100）作"卐"。

[二] 海棠红晕　底本作"红海棠晕"，据《竹韵楼诗词·竹韵楼琴趣》改。

[三] 遍　底本作"偏"，据《竹韵楼诗词·竹韵楼琴趣》改。

[四] 春　《竹韵楼诗词·竹韵楼琴趣》作"昼"。

袁希谢

袁希谢，字寄尘，清吴江人。袁栋玄的孙女，王云帆的妻。早寡，以节称。有《素言集》。

雨中花　落花

　　一夜惊心风雨骤，叹几种娇花怎受。碎玉飘愁，残枝惹恨，黯黯离魂候。　　满地落红如缀绣，听燕语春风依旧[一]。瓣惹蛛丝，香阑蝶梦，寂寞帘垂昼。

【评析】

早寡的少妇，对着落花，自然更起同情，但说得"哀而不怨"。

【校记】

[一] 依 《南社丛刻·寄尘词稿》（P.136）作"已"。

江瑛

子夜　白秋海棠

幽芳着雨含娇立,恹恹愁带黄昏色。银烛照香罗,盈盈珠泪多[一]。　　娉婷清瘦影,淡月秋魂冷。憔悴怨西风,断肠踪迹空。

【评析】

银烛、香罗、淡月、秋魂和白秋海棠打成一片, 这是黄昏, 这是怎样的黄昏?

【校记】

[一]珠泪　底本作"泪珠", 据《绿月楼词》(P.5) 改。

孙云鹤

孙云鹤，字兰友^[一]，一字仙品。清袁子才的女弟子，孙春岩的女，金玮的妻^[二]。工诗善画。有《听雨楼词》。

点绛唇　草

　　酥雨匀来，萋萋先遍江南地^[三]。杏花风细，漠漠和烟翠。　　燕子归时，休向高楼倚。斜阳里，天涯无际，离恨年年起。

【评析】

"休向高楼倚"，就是"怕见陌头杨柳色"的意思。

【校记】

[一] 兰友　底本作"幼兰"，据《全清词·雍乾卷》（P.8332）小传改。

[二] 金玮　底本作"金纬"，据《金清词·雍乾卷》小传改。

[三] 萋萋　底本作"凄凄"，据《全清词·雍乾卷》改。

郑莲

郑莲，字采莲，清人。

菩萨蛮 [一]　春草

春风二月江南路，春山如画春光妒。绿幔卷高楼，黛痕眉上愁。　　薄烟团几里，拾翠人归矣。又听子规啼，如丝雨下时。

【评析】

上半阕结句，是上一首"休向高楼倚"的说明。

【校记】

[一] 此词见《菊篱词》(P.9)。

曹景芝

曹景芝，字宜仙，清吴县人。陆元第的妻。有《寿研山房词》。

虞美人　蟋蟀

墙根篱下声凄切，冷露深宵咽。凄凉已是可怜秋，还要劳伊絮絮诉离愁。　　深秋落叶深更雨[一]，并作愁如许。便无离恨已销魂，试问愁人禁得几黄昏。

【评析】

蟋蟀会诉离愁，奇想！愁人禁得几个这般的黄昏？奇问！

【校记】

[一] 深更　底本作"更深"，据《寿研山房词》（P.3）改。

陈璘

陈璘，字兰修，清常熟人。瞿伯申的妻。有《藕花庄词》。

浣溪纱　金凤花

　　妆晚云鬟短短梳，小庭凉胜碧窗多，摘来娇瓣
簇新罗。　　夜月捣残红玉杵，春织缀并紫珊瑚^[一]，
试簪茉莉点猩无。

【评析】

写"红"的颜色，娇艳欲滴。

【校记】

[一]缀并　《全清词·顺康卷》（P.2349）作"并缀"。

唐韫贞 ^[一]

唐韫贞，字佩蘅，清武进人。董介贵的妻 ^[二]。有《秋瘦阁词》。

浣溪纱　秋千

　　一簇娇红一缕烟，东风装点杏花天，垂杨影里架秋千 ^[三]。　　素绮衫飘蝉翼薄，红罗鞋蹴凤头尖 ^[四]，踏青偏有许多闲。

【评析】

娇滴滴越显红白。

【校记】

[一] 唐韫贞　底本作"唐蕴贞"，据《秋瘦阁词》署名改。下文径改。

[二] 董介贵　底本作"苏介贵"，据《秋瘦阁词》小传改。

[三] 影　《秋瘦阁词》（P.1）作"景"。

[四] 蹴　《秋瘦阁词》作"绣"。

孙云凤 [一]

孙云凤，字碧梧，清仁和人。廉使孙令宜的长女，袁子才的女弟子，嫁程氏。有《湘筠馆词》。

浣溪纱　茉莉

纤手分来点鬟疏，幽香开遍一株株，星星如玉复如珠。　团扇梦回新雨后，绿窗人浴晚凉初，小廊风透碧纱橱。

【评析】

羡煞碧纱橱外人。

【校记】

[一] 孙云凤　底本作"孙凤云"，据《全清词·雍乾卷》(P.8311) 署名改。下文径改。

葛秀英

葛秀英，字玉贞，清吴门人。无锡秦鏊的妾，十九岁死。有《澹香楼词》。

减字木兰花　杨花

柳絮如许^[一]，搅碎春魂漂泊去。风约萍开，一半相逢在水隈。　漫天飞舞，帘外斜阳粘忽住^[二]。咏雪无才^[三]，辜负东风为送来。

【评析】

相逢在水边，粘住在帘外，杨花也自可怜。

【校记】

[一] 絮　《澹香楼词》（P.2）作"棉"。

[二] 粘　《澹香楼词》作"黏"。

[三] 雪　《澹香楼词》作"絮"。

孙荪意

孙荪意，原名琦，字秀芬，一字苕玉，清仁和人。高第的妻。有《衍波词》。

菩萨蛮[一]　绣球花

丛丛晴雪阑干曲，东风碎剪玲珑玉。蝴蝶打成团，梅花一蒂攒。　　昨宵林影白，错认团圌月。晓起卷帘看，罗衣生薄寒。

【评析】

打成一团的蝴蝶，攒到梅花里去，刻画绣球花，工细之至。

【校记】

[一] 此词见《衍波词》(P.3)。

陆蓉佩

陆蓉佩，清阳湖人。未嫁守志。有《光霁楼词》。

菩萨蛮　帘影

撩人花气浓于雾[一]，风回蓦地留香住。深院昼垂垂，妨他燕子归[二]。　　游丝闲未定[三]，似织回文影。蝴蝶忽飞来，波痕荡漾开[四]。

【评析】

为什么不许燕子飞来，独让蝴蝶？

【校记】

[一]于　《光霁楼词》(P.9) 作"如"。

[二]他　《光霁楼词》作"它"。

[三]闲　底本作"间"，据《光霁楼词》改。

[四]漾　《光霁楼词》作"飏"。

徐元端 [一]

徐元端，字延香，江都人。范茂才的妻 [二]。有《绣闲集》。

菩萨蛮 [三]　睡鹦 [四]

　　雪衣巧舌花棚外，修翎立向斜阳晒。半晌不闻言，惊寻到翠轩。　　笑声嗔小婢，莫要惊他睡 [五]。风响绿窗纱，醒来抖落花。

【评析】

体贴入微。

【校记】

[一] 徐元端　底本作"徐元瑞"，据《全明词》署名改。下文径改。

[二] 范茂才　底本作"范□□"，据《众香词》射集（P.51）小传补。下文径改。

[三]《全明词》（P.2841）调名作"重叠金"，同调异名。

[四]《全明词》题作"睡鹦鹉"。

[五] 莫　《全明词》作"不"。

陈芳藻

陈芳藻，字瑞芝，祁阳人。于彭龄的妻。有《挹秀山房词》。

清平乐　镜

　　寒光皎洁，认取秦时月。为问圆冰清到骨，可贮芙蓉颜色。　　愁来怕上眉梢，恐伊知我魂销。顾影怜卿谁瘦[一]，朝朝相对无聊。

【评析】

人瘦影亦瘦，何消说得。伊偏要问出个分别来，恐没人能回答。

【校记】

[一]怜卿　《闺秀词钞》卷一四（P.24）作"卿怜"。

蒋英

蒋英,字蕊仙,清海昌人。光煦的女,郭子芳的妻。有《消愁集》。

一落索 [一]   燕 [二]

紫燕初归庭宇,画帘来去。呢喃软语话多时,似说要和侬住 [三]。   问尔乌衣旧侣 [四],此时何处。裁红剪彩舞东风 [五],管领着花千树。

【评析】

不知道许不许和伊同住?

【校记】

[一]《消愁集》(P.75)调名作"上林春",同调异名。

[二]《消愁集》题作"咏燕"。

[三]似说要 《消愁集》作"如欲"。

[四]侣 《消愁集》作"主"。

[五]东 《消愁集》作"春"。

吴瑗

吴瑗，字文青，清无锡人。薛□□的妻。有《喝喝集》。

西江月 ^[一] 红豆

艳比鲛人泪颗，光交帝网珠丝 ^[二]。根苗何处种相思，不道相思是此。　　鹦鹉啄残何有，珊瑚碾就无疑。随人抛掷本如斯，但少记歌娘子。

【评析】

红豆用来记歌，有何相思可言？只为无人记歌，所以专惹相思。

【校记】

[一]《全清词·顺康卷》（P.10904）调名作"壶天晓"，同调异名。
[二] 帝　底本作"带"，据《全清词·顺康卷》改。

储慧

储慧，字啸凤[一]，清宜兴人。蒋萼的妻。有《哦月楼诗余》。

少年游　美人足

　　玉笋才芽，金莲未蕊，裂帛裹初成。兜罢弓鞋，藏来锦袜，点地最轻盈。　　香尘留得纤纤印，软步悄无声。藕覆轻移，榴裙低掩，瘦处可怜生[二]。

【评析】

和八股文，同成骨董。

【校记】

[一]啸凤　底本作"啸篁"，据《哦月楼诗余》小传改。

[二]生　《哦月楼诗余》（P.1）作"情"。

顾春

顾春，字太清，清西林人。贝勒奕绘的继妻。有《东海渔歌》。

南歌子[一]　香串[二]

宝串垂襟软，温香着体柔。青丝贯取意绸缪，只
要心心相印总无愁。　　步月难寻梦，临风怕倚楼。
江皋玉佩为谁留，又惹一番牵挂在心头。

【评析】

"贯取""心心相印""牵挂"，双关入妙。

【校记】

[一]《顾太清集·东海渔歌》（P.579）调名作"南柯子"，同调异名。

[二]《顾太清集·东海渔歌》题作"咏香串，效唐人体"。

张学典

张学典，字古政，号羽仙，清太原人。佚的第四女，杨无咎的妻。有《花樵集》。

蝶恋花　戏咏纸蝶

力弱巧将纤缕系[一]。粉翅翩翩，恐逐东风去。未解寻香花下度，玉人芳信犹耽误。　轻薄却同飞絮舞。乍见疑真，扑向枝头堕。可是蒙庄幽梦破，魂消不识春归路。

【评析】

偏有如许闲心思。

【校记】

[一]系　底本作"紧"，据《全清词·顺康卷》(P.9048) 改。

吕碧城

吕碧城，字圣因，旌德人。有《信芳集》《吕碧城集》。

齐天乐　荷叶

横塘未到花时节，暗香已先浮动。绀袂翔风[一]，绿房迎晓，无限清愁谁共[二]。田田新种[三]。正雨过如珠，盘心轻捧[四]。鸳侣同盟，相逢倾盖倍情重。　　芳心深卷不展。问闲愁几许，缄紧无缝。越女开奁，秦宫启镜，扰扰鬟云堆拥[五]。新凉乍送。看万绿无声，一鸥成梦。愁煞秋深[六]，水风残影弄[七]。

【评析】

"留得残荷听雨声"，本来是愁境。

【校记】

[一] 翔风　《吕碧城集》（P.6）作"飘烟"。

[二] 无限清愁　《吕碧城集》作"旖旎风光"。

[三] 新　《吕碧城集》作"满"。

[四] 盘心　《吕碧城集》作"翠盘"。

[五] 鬟云　《吕碧城集》作"云鬟"。

[六] 愁煞秋深　《吕碧城集》作"惆怅秋来"。

[七] 风　《吕碧城集》作"天"。

梦芙蓉　蔻岭 Caux 多紫野花，茁于雪际，予恒采之。游踪久别，偶于书卷中见旧藏残瓣，怅然赋此

纤苗凝姹紫，记冲寒破雪，岭头补绮[一]。几番吟赏，裙屐远游至，素标谁得似，繁霜晚菊堪拟。高受天风，倚岚光弄靓，羞傍髻鬟底。　　回首林坰暮矣[二]。薜老萝荒，夜黑啼山鬼。岁华催换，陈迹入花史。春痕留片蕊，琅函脂晕犹腻。旧梦重寻，但千岩云锁，松影堕顽翠。

【评析】

书卷中残花，是好题句。

【校记】

[一] 补　《吕碧城集》（P.72）作"铺"。

[二] 坰　《吕碧城集》作"扃"。

绿意 予喜食新笋[一]，海外无此，殊怅怅也

春泥乍坼，记小锄亲荷，篱外寻采。市共朱樱，脍佐银鲋[二]，乡园隽味堪买。虚怀密箨层层褪，只玉版、禅心谁解？尽抽成、嫩篠新荪，遮断野溪荒霭。　还忆韬光十里，绿天导一径，游屐轻快。翠亮冰寒，洗髓湔肠，岂必辛盘先贷？沧波不卷潇湘梦，枉远隔、瀛漪流睐。问几人、罗袖闲欹，消受晚风清籁。

【评析】

与朱樱、银鲋同列，的是妙品。

【校记】

[一] 予喜食新笋　《吕碧城集》（P.73）作"予爱食笋"。

[二] 脍佐银鲋　《吕碧城集》作"嚼伴青蔬"。

顾慕飞 [一]

顾慕飞，南汇人。

丑奴儿 [二]　咏扇

秋来便合藏怀袖，懒扑宵萤。慵按秦筝，只怕轻寒渐渐生。　　小桃瘦骨难盈握，比月能明。比玉能清，香坠何劳系水晶。

【评析】

扇不秋捐，犹藏怀袖，足见多情。

【校记】

[一] 顾慕飞　底本作"愿慕飞"，据《红梵精舍女弟子集》卷下署名改。下文径改。

[二] 此词见《红梵精舍女弟子集》卷下（P.6）。

踏莎行 [一]　肥皂

豆蔻温温，蔷薇香醉，玉盆清暑沉檀试。纵然凉滑到冰肌，何曾解得心烦腻。　　幼弟偏憨，痴馋贪戏，明珠颗颗抛还坠。和风却过粉墙东，撩他花底狸奴睡。

【评析】

肥皂泡没有人咏过。

【校记】

[一] 此词见《红梵精舍女弟子集》卷下（P.6）。

邵英嶷

茶瓶儿 [一] 咏月饼

尝尽辛酸滋味，却遇着、玉肴琼饵。红酥金乳香尤腻，漫道是、异乡才试。　　巧样广寒差似，问如何、月同人异。儿时一事还能记，小银刀、避娘偷切。

【评析】

偷切月饼，妙绝。

【校记】

[一] 此词见《红梵精舍女弟子集》卷上（P.4）。

陈翠娜

绮罗香　干荔支[一]

衣脆龙纹，面皴蚕茧，惆怅岭南人老。一骑红尘，往事且谈天宝[二]。记长生殿上填词，定曾见、玉妃娇笑。漫思量、玉露天浆，胭脂颜色已枯槁。　　绛珠幽恨独抱，羞见香山画里，樱娘娇小。比到温柔，何似黑甜乡好。尽由他、色褪香销，难忘汝、冰肌玉貌。纵苏髯、不到罗浮，这回应啖饱[三]。

【评析】

一颗干荔支，偏有如许情思。

【校记】

[一] 支　《翠楼吟草》（P.80）作"枝"。

[二] 且　《翠楼吟草》作"莫"。

[三] 这　《翠楼吟草》作"者"。

沁园春　新美人手

玉节生涡，小握柔荑，人前乍逢。爱琴声如雨，随他上下，粉痕调水，遣汝搓融。鸳海环盟，红绡镜约，都在纤纤反覆中。娇憨处，向隔花抛吻，挥送飞鸿。　　软衣小样玲珑，怕此日春寒冻玉葱[一]。记睡余捼眼[二]，灯花生缬，憨时折纸，人物如弓。掬月无痕，搯花留恨，剪尽年前凤爪红。难防备，惯掩人身后，遮去双瞳[三]。

【评析】

握手，奏琴，抛吻，折纸，都是女子新生活。一结更活画出一个活泼女郎，不是旧时所有。

【校记】

[一] 此　《翠楼吟草》（P.72）作"几"。

[二] 捼　《翠楼吟草》作"挼"。

[三] 难防备……双瞳　《翠楼吟草》作"珍怜甚，更香薰豆蔻，色染芙蓉"。

沁园春 新美人裙

蟢带量春，抱月飘烟，浓香细生。怕娉婷碍步，莫遮鸦袜，回旋小舞，逗响鸾铃。细处疑蜂，飘来似蝶，一折春波一寸情。留仙态，爱东风小拂，愈觉轻盈。　　年时竹叶裁成，唤女伴同湔趁踏青。记雕鞍斜坐，薄云低氊，玉梯将下，纤手微擎。怕姊呵腰，恼郎题字，未觉傍人拜倒卿[一]。华灯里，讶花开似伞，缀满明星。

【评析】

末句是舞裙。

【校记】

[一] 傍 《翠楼吟草》（P.71）作"旁"。

沁园春^[一] 新美人发

色染金鹅，撩乱情丝，低遮黛蛾。爱胜他丰韵，回盘堕马，传伊心事，宛转旋螺。花缬笼春，银箔炙晓，熨贴春云覆粉涡。花阴午，见水晶帘底，窣地纤波。　　丽华丰态如何，算我见犹怜况老奴。正及笄年纪，春愁较少，倾城时节，诗意偏多。织就蛛丝，喷来鲗墨，小字羞将爱唤他。^{新式髻名"爱斯"。}亭亭处，有下风香送，小扇轻罗。

【评析】

这是发髻时代的光景。剪发的女子，便没有这种情致了。

【校记】

[一] 此词见《翠楼吟草》(P.71)。

三、感时

时序的推移，本来狠寻常的，但在词人的观感上，便有许多怅触，尤其是那些令节，更容易引起许多不同的情绪。最富有引逗力是春和秋。所以，春愁秋怨，差不多成了普遍的词料。虽是也有因着生活的满足，能够"及时行乐"，然而愁苦易工，几成文学上的定例。最有名的李易安的"莫道不销魂，帘卷西风，人比黄花瘦"，动人得何等有力！平江妓女词："春色原无主。荷东风、着意看承，等闲分付。"总算把春看得有生趣些。陈凤仪的词："蜀江春色浓如雾，拥双旌归去。"总算把春看得有意味些。可是，前一首词的转语："多少无情风雨，又那更、蝶欺蜂妒。算燕雀、眼前无数。纵使帘栊能爱护，到于今、已是成迟暮。"后一首词的转语："海棠也似别君难，一点点、啼红雨。"又转念到愁怨的意境上去了。大约"女子工愁"，也是女性心理的定例罢。

沈宜修

菩萨蛮　暮秋夜雨，时在金陵[一]

　　闲庭滴沥秋宵雨，纱窗灯影愁无语。明月几时来，芙蓉何处开。　　小楼应寂寞，一夜江枫落。雁唳碧天长，残更敲断肠。

【评析】

打更的负不起这个责任罢?

【校记】

[一] 暮　底本作"莫"，据《午梦堂集·鹂吹》(P.195) 改。

沈静专

画堂春^[一] 春感

　　疏烟卷翠晴林边^[二]，嫩云不碍晴天。绿芜影里
燕飞旋，山起眉鲜。　　瞥见侵帘仄月，回伤别坞啼
鹃^[三]。当时犹怨别离船^[四]，忍隔重泉。

【评析】

生离已可感，死别更堪怜。

【校记】

[一]《适适草》(P.78) 调名作"锦堂春"。

[二] 晴 《适适草》作"静"。

[三] 伤 《适适草》作"殇"。

[四] 怨 《适适草》作"恐"。

李玉照

李玉照，清会稽人。吴江沈自征的继室。

如梦令　夜坐

梦入愁乡初醒[一]，犹有残灯相映。铁马寂无声，金鸭沉烟已烬。清冷，清冷，谁念绣衾孤零[二]。

【评析】

如画！

【校记】

[一]入　《全明词》(P.1576)作"人"。

[二]零　《全明词》作"另"。

周兰秀

减字木兰花^[一]　夏日

　　晨妆草草，绾髻慵梳新样巧。卷起帘栊，远见荷开满沼红。　　轻摇团扇，薰风阵阵轻吹面。堤柳条条，带雨拖烟拂板桥。

【评析】
这是比较的有兴味的生活了。

【校记】
[一] 此词见《全明词》（P.1576）。

叶纨纨

踏莎行[一]　暮春

　　粉絮吹绵，红英飘绮，又看一度春归矣。子规啼破梦初醒，凭栏目断伤千里。　　尘世堪嗟，流光难倚，浮生冉冉知何似。旧游回首总休题，断肠只有愁如此。

【评析】

伊是未嫁的小女，所以只为了女伴的离散而伤感。

【校记】

[一]此词见《午梦堂集·愁言》(P.324)。

叶小鸾

如梦令 [一]　辛未除夕

　　风雨帘前初动，早又黄昏催送。明日总然来，一岁空怜如梦。如梦，如梦，惟有一宵相共。

【评析】

日日有明天，可是除夕是没有明天的，所以更觉可恋。

【校记】

[一] 此词见《午梦堂集·返生香》(P.393)。

沈宪英

点绛唇　早春

帘幕轻寒[一]，断肠渐入东风片。游丝千线，难挽离愁半。　　小立回廊，划损雕阑面[二]。春谁见，梅花开遍，烟锁深深院。

【评析】

游丝以"千"计，离恨以"半"计，这是奇异的"数学"。

【校记】

[一] 帘　《全明词》（P.2393）作"翠"。

[二] 阑　《全明词》作"栏"。

庞蕙缠

庞蕙缠，字纫芳，一字小畹。明进士庞霫的妹，诸生吴锵的妻。善书法，名重一时。有《唾香阁集》。

浣溪纱 [一]　夏日

　　绿映亭台薄暮天，薰风寂静小庭前，暗香浮动一池莲。　　柳絮纷纷飘画槛，桐花点点堕湘帘，纱窗雨过却慵眠。

【评析】

也不作愁苦语，大约夏之神比较的有生气些罢?

【校记】

[一] 此词见《全明词》(P.3028)。

沈树荣

沈树荣，字素嘉，清人。诸生沈永桢的女。伊的母亲，就是叶小纨。所以，伊禀承母教，也成了女诗人。有《月波诗》《希谢稿》。嫁同邑诸生叶舒胤，唱和文字很多。

如梦令 [一]　秋日

　　小院西风初透，一霎凉生双袖。几日怕关情，犹道芳菲时候。是否，是否，添得镜中消瘦。

【评析】

倘然不对镜，如何？

【校记】

[一] 此词见《全明词》（P.2394）。

喻撚

喻撚，字惟绮，清吉水人。喻指的妹，侯鼎臣的妻。有《蕙芳集》。

捣练子　春日偶占[一]

香欲冷，雨初残，春事无多怕绕阑[二]。侍女不知愁绝处，却持花片向人看[三]。

【评析】

侍女不是伊，自然不知伊的“愁绝”，但也可以依着庄子的幻想，伊不是侍女，怎样知道“侍女不知伊的愁绝”呢?

【校记】

[一]《全明词》(P.3329）无此题。

[二]阑　《全明词》作“栏”。

[三]持　《全明词》作“将”。

沈御月

沈御月，字纤阿。清女诗人沈友琴的妹，皇甫锷的妻。有《空翠轩词》。

虞美人影 [一]　送春和韵

送春春去添烦恼，闲闷何时得了。试看落红多少，点破阶前草。　　流莺树上啼声悄，惊破罗帏梦杳。断送镜中人老，都为春归早。

【评析】

恨春去得太早，却又不能不送。

【校记】

[一] 此词见《全清词·顺康卷》(P.11688)。

王淑

采桑子　闺中四时曲[一]

流莺唤起纱窗梦，暖日晴融。花气迷濛，粉蝶寻香罩落红。　　诉愁燕子梁间语，寂寂帘栊。淡月烟笼，瘦尽梨花昨夜风。

田田翠盖银塘静，细细荷香。雨过新凉，数点流萤叶底藏。　　月明潜上阑干角，小立回廊。薄施罗裳[二]，新茗频斟倚画床。

桐荫满院西风峭，翠压雕阑。月映疏帘，今夜新凉半臂添。　　寒蛩砌畔吟声咽，露湿幽兰。篆袅轻烟，抱得秋心未忍眠。

长天如水霜华冻，静掩重门。容易黄昏，灯穗凝寒冷不胜[三]。　　玉梅窗外香初放，黯淡冰魂。瘦影玲珑，移上瑶阶月一痕。

【评析】

倒是最堪欣赏的春，最惹愁思。

【校记】

[一]《竹韵楼诗词·竹韵楼琴趣》(P.88)无此题，但于每首词前分别题"春闺""夏闺""秋闺""冬闺"。

[二]施 《竹韵楼诗词·竹韵楼琴趣》作"试"。

[三]胜 《竹韵楼诗词·竹韵楼琴趣》作"明"。

袁希谢

鹊桥仙　七夕

银河耿耿，鹊桥填否，试想彩云堆里[一]。双双曾未诉离愁[二]，听壶漏、三更近矣。　　月光斜照，良辰易过[三]，促织声催不已。年年此夕了相思，才了却、相思又起[四]。

【评析】

替他们俩干着急。

【校记】

[一] 云堆　底本作"雪堆"，《南社丛刻·寄尘词稿》（P.131）作"云深"，酌改。

[二] 愁　《南社丛刻·寄尘词稿》作"情"。

[三] 辰　底本作"晨"，据《南社丛刻·寄尘词稿》改。

[四] 相　底本作"想"，据《南社丛刻·寄尘词稿》改。《南社丛刻·寄尘词稿》词末小注云："原评：深人无浅语。"

赵我佩

减字木兰花[一]　春分夜偶成

　　更长梦短，春色平分刚一半。水样轻寒，翠袖宵来怯倚阑。　　乱愁如絮，无奈东风吹不去。碎雨棂烟[二]，深院梨花瘦可怜。

【评析】

絮最容易吹动了，偏是"如絮"的"乱愁"吹不去。

【校记】

[一] 减字木兰花　《碧桃馆词》(P.24) 调名作"减兰"。
[二] 棂　《碧桃馆词》作"零"。

曹慎仪

曹慎仪，字叔蕙，清新建人。礼部尚书曹文恪公的孙女，侍郎云浦的女，侍郎同里顾清昕的妻。有《玉雨词》。

清平乐^[一]　送春

　　天涯离恨，春尽愁难尽。只有枝头莺语近，不管粉残香褪。　　一帘烟絮轻吹，销魂怕说春归。又见夕阳深院，东风点点花飞。

【评析】

其实春也何尝"尽"！

【校记】

[一]此词见《玉雨词》（P.3—4）。

徐灿

徐灿，字湘蘋^[一]，一字明深，清吴县人。光禄丞徐子懋的女，大学士海宁陈之遴的继妻。有《拙政园诗余》。

木兰花　秋暮

　　才见黄花秋又暮^[二]，滴滴虫声啼绣户。鸳鸯双枕不知寒，银蜡竟成红泪颗。　　梦里乡关云满路，钗压绿鬟蝉半亸^[三]。月延罗帐似依依，谢他只把人愁锁^[四]。

【评析】

把人愁锁，反感谢他，是幽默的拗话。

【校记】

[一] 湘蘋　底本作"香蘋"，据《拙政园集》小传改。

[二] 暮　底本作"莫"，据《拙政园集·拙政园诗余》（P.580）改。

[三] 亸　《拙政园集·拙政园诗余》作"鬃"。

[四] 谢他　《拙政园集·拙政园诗余》作"耐它"。

宗婉^[一]

宗婉，字婉生，清常熟人。有《梦湘楼词》。

醉花阴　春暮^[二]

风卷残红吹梦碎^[三]，梦也伤憔悴。追思梦如何^[四]，梦不分明，梦醒还如醉。　　夕阳影里重门闭，别有销魂地。怎样不销魂，要不销魂，恨少留春计。

【评析】

梦的原理，被伊说尽。

【校记】

[一] 婉　底本作"琬"，据《梦湘楼词稿》署名改。下文径改。

[二] 暮　底本作"莫"，据《梦湘楼词稿》（P.729）改。

[三] 吹　《梦湘楼词稿》作"和"。碎　底本作"醉"，据《梦湘楼词稿》改。

[四] 思　《梦湘楼词稿》作"想"。

庄盘珠

庄盘珠，字莲佩，清阳湖人。庄有钧的女，举人吴轼的妻。二十五岁死。有《秋水轩词》。

醉花阴 [一]　清明

春好翻愁春欲去，燕子衔飞絮。何处响饧箫，杨柳门前，几点清明雨。　　纸灰飞过棠梨树，斜日无情绪。芳草古今多，谁定明年，重踏青郊路。

【评析】

有些儿鬼气。

【校记】

[一] 此词见《秋水轩集·秋水轩词》（P.3709）。

华婉若

华婉若^[一]，字花卿，清无锡人。任艾生的后妻。有《课花楼词草》。

诉衷情　端午

　　试罗天气又憎凉，欲著待商量。且擎彩丝几缕，笑系臂双双。　　揎绣袂，试琼浆，爇炉香。偶逢佳节，更休惜醉，须尽壶觞。

【评析】

把彩丝系臂是"长命缕"的故事。

【校记】

[一] 华婉若　底本作"华畹若"，据《笠泽词征》卷二三（P.2666）改。

徐映玉

徐映玉，字若冰，清钱塘人。长洲孔青崖的妻，早死。有《南楼集》，词附。

点绛唇　上元后一日

独倚熏笼[一]，旧游谁是关情处。霜清月午，香雪孤山路。　　春到吴阊，却被东风误。纱窗暮[二]，收灯院宇，拥髻潇湘雨[三]。

【评析】

在苏州想到故乡，想到孤山的梅花，便是"每逢佳节倍思乡"的意思。

【校记】

[一] 熏　《全清词·顺康卷》（P.10725）作"薰"。

[二] 暮　底本作"莫"，据《全清词·顺康卷》改。

[三] 潇湘　《全清词·顺康卷》作"潇潇"。

顾春

临江仙[一]　清明前一日种海棠

万点猩红将吐萼，嫣然迥出凡尘。移来古寺种朱门。明朝寒食了，又是一年春。　　细干柔条才数尺[二]，千寻起自微因。绿云蔽日树轮囷。成阴结子后，记取看花人[三]。

【评析】

不知道看花人对着成阴结子，作何感想。

【校记】

[一] 此词底本"感时"篇季兰韵《唐多令·苦雨》后重选，并评云："那时看花人，也是成阴结子了。"今删后者。

[二] 尺　底本作"丈"，据《顾太清集·东海渔歌》（P.437）改。

[三] 看　《顾太清集·东海渔歌》作"种"。《顾太清集·东海渔歌》词末小注云："末句用刘克庄种海棠词。"

屈秉筠

屈秉筠,字宛仙,清常熟人。赵同钰的妻。有《韫玉楼词》[一]。

青玉案　五更

　　一灯红剩残花滴，觉帐底、浓寒袭。倚枕听时声响寂。钟儿敲毕，鸡儿啼歇，窗影依然黑。　　此时小梦刚收拾，几许闲愁还又积[二]。耐得绣衾频转侧[三]。凄凄恻恻，思思忆忆，误了东方白。

【评析】

五更时是愁人最难排遣的"黄连时代"[四]。

【校记】

[一] 韫　底本作"蕴"，据《全清词·顺康卷》小传改。

[二] 几许闲愁还又积　《全清词·顺康卷》(P.8496) 作"又几许、闲愁积"。

[三] 侧　底本作"恻"，据《全清词·顺康卷》改。

[四] 黄连　底本作"黄莲"，据文意改。

李佩金

李佩金，字绋兰，清长洲人。何仙帆的妻。有《生香馆词》。

齐天乐^[一]　冬夜书怀

茸窗悄悄笼鹦睡，兰钉冷摇青晕^[二]。斗帐量愁，机丝织恨，央及霜风休紧。愁眠正稳^[三]。怕叠鼓飘来，断魂惊醒。似铁罗衾，夜寒偎瘦碧纱影^[四]。　吟笺和泪折损^[五]。正珠绳历历，斜过金井。月淡垂烟，帘空化水，消得几番清景。回栏小凭。恁玉臂清辉，袜罗凉浸。依约遥峰，晓钟烟外迥。

【评析】

冬夜景况，最难描写。罗衾虽然似铁，碧纱何尝不冷？

【校记】

[一]《全清词·雍乾卷》（P.8584）调名作"台城路"，同调异名。

[二] 钉　底本作"缸"，据《全清词·雍乾卷》改。

[三] 眠正　《全清词·雍乾卷》作"瞑乍"。

[四] 瘦　底本作"叠"，据《全清词·雍乾卷》改。

[五] 吟笺　底本作"冷缄"，据《全清词·雍乾卷》改。折　底本作"斜"，据《全清词·雍乾卷》改。

沈乐葆

沈乐葆,吴县人。

蝶恋花　送春

　　风雨冥迷堤畔草。柳絮飞时,树树青梅小。燕子不知春渐老,双双飞向长安道^[一]。　　别酒安排思悄悄。但约东皇,明岁来须早。满耳鹃声啼不了,飞花易扫愁难扫。

【评析】

早来早去,这一层意思还没有想到。

【校记】

[一]双双　底本作"双二",据《红梵精舍女弟子集》卷上(P.9)改。

陈翠娜

浣溪纱　元夜

　　百级琼楼响玉梯，衣香如雾瑞烟迷，风灯络索响珠玑[一]。　　画枕鲛鱼吹短梦，锦笼香兽护春衣，生憎鹦鹉隔花啼。

　　绣幕风敲押蒜银，千条红烛煮秾春[二]，晚筵初进鲤鱼唇。　　骑蝶花天春梦小，系灯屏角晚烟昏[三]，蜡花闲污石榴裙。

【评析】

末句是说红裙，现在恐怕新嫁娘也不系了。

【校记】

[一]响　《翠楼吟草》（P.74）作"动"。
[二]秾　底本作"栏"，据《翠楼吟草》改。
[三]烟　底本作"灯"，据《翠楼吟草》改。

高阳台 [一]　雨夜

　　带眼移春，琴心瘦雨，等闲负了花阴。影乱风灯，小楼帘幕寒侵。恼人春梦多于草，才朦胧、梦又相寻。毂沉吟、几度惊回，溜却钗簪。　　关山眼底磨旋过，信天涯未远，只在鸾衾。羁旅飘零，十年辜负书蟫。凄凉莫厌梧桐语，替离人、诉尽秋心。最难禁、一夜帘纤，小院苔深。

【评析】

不厌梧桐夜雨，又是一种思想。

【校记】

[一] 此词见《翠楼吟草》(P.72)。

四、别绪

这一类的词，和"怀人"有许多相似处。不过，"怀人"是在离人久在他乡的时候所作。在刚分手的时候，别有一种情绪。朱淑贞的《生查子》："欢从别后疏，泪向愁中尽。遥想楚云深，人远天涯近。"已经狠深刻化了。但是还有《减字木兰花》："独行独坐，独倡独酬还独卧。"连说五种孤独生活，尤其孤独得可怜。以前的女子，几乎没有交际，所以离别也只限于母、丈夫、兄弟、姊妹，难得有女伴。最奇异的是"父"，尽是离别，不常得到女子的关心。我看过了许多女子的词，找不到一首和"父"离别时的词。

蒋□□

蒋□□，清吴县人。进士蒋元葵的女。

浪淘沙[一]　　立夏前送妹

剩有几多春，十二时辰。满庭飞絮糁花茵。添阵潺潺帘外雨，深院黄昏。　　独坐掩重门，愁倒芳樽。便无离别也销魂。明日那堪南浦去，又送行人。

【评析】

不离别，为什么销魂[二]？耐人寻味。

【校记】

[一] 此词见《闺秀词钞》卷一五（P.23）。

[二] 么　底本作"磨"，据文意改。

钟筠

钟筠，字蓉若，清仁和人。明钟忠惠公的孙女，仲雪亭的妻，田叔诗人的母。有《梨云榭词》。

阮郎归　送别长姊艾夫人[一]

临风洒泪唱骊歌，啼痕沁薄罗。小楼又见雁南过，秋风秋雨多。　　思缱绻[二]，怨蹉跎，愁肠似织梭[三]。开轩对月问姮娥，此情可奈何。

【评析】

姮娥也悔偷灵药，碧海青天夜夜心。

【校记】

[一] 艾　《全清词·顺康卷》（P.4970）作"殳"。

[二] 缱绻　《全清词·顺康卷》作"绻缱"。

[三] 织　《全清词·顺康卷》作"掷"。

沈宪英

虞美人　留别兰余妹[一]

　　白云掩映青山老，鬓入霜华早。今宵且醉画屏前[二]，明日还移小艇绿杨烟。　　黄昏细雨重门锁，挑尽孤灯火[三]。断肠无处问天公，梦逐陌头芳草付残红[四]。

【评析】

最难堪是预想明日的离别。

【校记】

[一] 余　《全明词》(P.2393) 无。

[二] 宵　《全明词》作"朝"。

[三] 挑　《全明词》作"桃"。

[四] 梦逐陌头芳草付残红　《全明词》无。

沈宜修

浣溪沙[一]　暮春感别

芳草连天不耐荑，柳丝无力系征帆，垂条空折手纤纤。　　人去河梁生寂寞，燕归帘榭自呢喃，可堪对酒湿青衫。

【评析】

把"折柳"的典实，翻一个转。

【校记】

[一] 此词见《午梦堂集·鹂吹》(P.183)。

钱静娟

钱静娟，字韵蕉。清钱锡庚的女，任艾生子传棨的妻。有《韵蕉楼诗草》。

昭君怨 [一]　别弟

不暇丁宁种种，但说一声珍重。如梦境迷离，夕阳时。　　恨煞半江云树，遮断乡关何处。孤影雁飞来，忒心哀。

【评析】

开头两语，是别离时最普遍的情况。

【校记】

[一] 此词见《笠泽词征》卷二三（P.2668）。

吴森札

吴森札,字文照,号潇湘居士。清孝廉吴溢的女。性喜读书坐禅,
有《潇湘集》。

望江南　别情

　　人去也,晚霁送行舟。欲倩远山留落日,待登高
阁怯新秋[一],满目是离愁。

【评析】

山灵也做不得他的主。

【校记】

[一]秋　《闺秀词钞》卷二(P.18)作"愁"。

陈沆

转应曲^[一]　送人南还

堤柳，堤柳，不系东行马首。空余千缕秋霜，凝泪思君断肠。肠断，肠断，又听催归声唤。

【评析】

一方面送别，一方面催归，不同的境地，相同的情绪。

【校记】

[一] 此词见《全明词》(P.2162)。

菩萨蛮　和老母赠别[一]

尊前香焰销红烛[二]，可怜今夜伤心曲。衫袖泪痕红，离歌凄晚风。　　匆匆苦岁月[三]，相聚还相别。隔断月明时，后期难自知。

【评析】

有聚必有别，越是"苦岁月"，越是难聚而易别。

【校记】

[一] 此词《午梦堂集·愁言》（P.322）属叶纨纨。待考。

[二] 尊　《午梦堂集·愁言》作"樽"。销　《午梦堂集·愁言》作"消"。

[四] 匆匆　底本作"忽忽"，据《午梦堂集·愁言》改。

濮文绮

濮文绮，字弹绿，清溧水人。四川涪州知州濮瑗的女，典史
何镜海的妻。有《弹绿词》。

菩萨蛮　送外之作

　　小桃泪冷东风倦，阳关薄酒殷勤劝[一]。此去不
言归，知君思已灰。　　云山千万叠，都是伤心色。
红豆不胜情，何堪赠远人。

【评析】

天下那有不思归的征人，伊偏说他"此去不言归"，伤心之极。

【校记】

[一]劝　《弹绿词》(P.6)作"荐"。

江瑛

菩萨蛮　留别秋玉

　　多愁况是频伤别[一]，依依不语空凄切。欲去又迟延，怜君还自怜。　　团圞天上月[二]，暂满依然缺。何苦太分明，照人离恨深。

【评析】

月儿确是多事。

【校记】

[一]频　底本作"愁"，据《绿月楼词》（P.9）改。

[二]圞　《绿月楼词》作"团"。

左锡嘉

左锡嘉，字冰如，又字小云，清阳湖人。锡璇的妹，曾咏的妻。有《冷吟仙馆诗余》[一]。

一枝春　忆别

已恨宵长，怎禁他、隔巷疏砧敲碎。桃笙乍荐，无奈嫩凉如水。鸳帏悄闭，听修竹、谱成商吹。凭一粟、灯剪秋心，絮尽别离滋味。　　依然拥衾无寐。便兰簪香烬，蝶魂来未。红蕤枕角，湿透几丝清泪。三分酒病，更拼得[二]、十分憔悴。还只怕、鹦鹉惊寒[三]，唤人早起。

【评析】

既然拥衾无寐，何必怕鹦鹉催起。

【校记】

[一]冷吟　底本作"吟吟"，据《冷吟仙馆诗稿·冷吟仙馆诗余》(P.4811)改。

[二]得　《冷吟仙馆诗稿·冷吟仙馆诗余》作"抵"。

[三]鹦鹉　《冷吟仙馆诗稿·冷吟仙馆诗余》作"英武"。

叶澹宜

叶澹宜，字筠友，清仁和人。有《凝香室诗余》。

浣溪沙　初夏饯别[一]

风动帘旌响玉珂，轻衫初换曲尘罗，日长天气乍清和。　昨夜饯春梅子雨，今朝送客柳枝歌，一生赢得别愁多。

【评析】

梅子柳枝，都成愁料，天地间无一可人的东西了。

【校记】

[一]《闺秀词钞》卷一六（P.23）题末多"张表婶母"。

许德蘋

许德蘋，字香滨，清吴县人。朱和羲的妻。有《涧南词》《和漱玉词》。

蝶恋花　离情和漱玉 [一]

欲写离情呵手冻。蓦地东风，催促征帆动。今夜酒杯谁与共 [二]，篷窗应怯霜威重。　　衣上泪珠穿线缝。拍遍阑干，歌遍钗头凤。道是夜长圆好梦，那知空有琴三弄。

【评析】

《钗头凤》是陆放翁想念恋人而作 [三]。夜长应梦多，多而不好，无法可施了。

【校记】

[一]《和漱玉词》（P.8）题末无"和漱玉"。

[二] 谁与　《和漱玉词》作"何处"。

[三] 想　底本作"相"，据文意改。

柳是

满庭芳　留别无瑕词史

紫燕翻风，青梅带雨，共寻芳草啼痕。明知此会，不得久殷勤。约略别离时候，绿杨外、多少消魂[一]。重提起，泪盈红袖，未说两三分。　　纷纷，从去后，瘦憎玉镜，宽损罗裙。念飘零何处，烟水相闻。欲梦故人憔悴，依稀只隔楚山云。无非是，怨花伤柳，一样怕黄昏[二]。

【评析】

黄昏有何可怕？只为了寻梦的时间已近。寻梦也足慰情，只为了隔着楚山云。

【校记】

[一] 消　底本作"锁"，据《全清词·顺康卷》（P.1476）改。

[二]《全清词·顺康卷》词末案语云："此词为陈子龙崇祯八年首夏送别河东君之旧作，而河东君复重录之于黄媛介扇面者。《今词初集》作陈子龙作，是。《玉台画史》作河东君作，误。"

徐元端

徐元端,字延香[一],清江都人。范茂才的妻。有《绣闲集》[二]。

凤凰台上忆吹箫[三]　梦中送别

柳外烟迷,花梢日暮,画堂酒意阑珊。听一声去也,瘦损朱颜。寸寸柔肠千断,携素手、密赠双环。离情苦,几番欲诉,先揾罗衫。　　羞看,水边白鹭,一对对闲游,红蓼花滩。恨西风吹急,远送征帆。望断天涯不见,难回首、背倚雕栏。从今后,相逢何处,依旧巫山。

【评析】

如读《牡丹亭·惊梦》折。

【校记】

[一] 延香　底本作"延昌",据《全明词》小传改。

[二] 闲　底本作"阁",据《全明词》小传改。

[三] 此词见《全明词》(P.2844)。

李佩金

凤凰台上忆吹箫　忆别，和《漱玉词》[一]

花炧银釭，香篆宝篆，睡横金凤搔头。见一丝残月，冷浸琼钩。试问嫦娥知否，欲无愁、有我难休。算筝柱，年华未到，几度春秋。　　今休，飞扬蝶梦，奈不识江南，烟水难留[二]。望碧天如镜，怕上层楼。记得那时分手，到此日、泪尚盈眸。更何处，声声玉笛[三]，谱出离愁。

【评析】

从分手时起，饱含着两眼眶的泪。要到相见时，方能倾筐倒箧而出。

【校记】

[一] 和《漱玉词》　《全清词·雍乾卷》（P.8600）作"用《漱玉词》韵寄林风"。

[二] 难　《全清词·雍乾卷》作"迷"。

[三] 笛　《全清词·雍乾卷》作"箫"。

顾慕飞

临江仙　送浣姑于归太原

　　陌上轻雷迎绣毂，黄花双笑篱东。琼枝璧月盼秋空[一]。小帘灯火，往事记熏笼。　　咏絮情怀谁管束，蕉窗寂寞离衷[二]。云笺有意祝西风。画眉仙侣，慧福自无穷。

【评析】

送嫁，想起未嫁时情况，妙在不作伤离惜别语。

【校记】

[一] 璧　底本作"壁"，据《红梵精舍女弟子集》卷下（P.12）改。

[二] 蕉窗寂寞离衷　底本脱，据《红梵精舍女弟子集》卷下补。

高阳台 [一]　赠别

漠漠平芜，迢迢远水，片帆一去无期。容易东风，又教吹老芳菲。临行总觉人情重，有罗巾、翠墨亲题。泪频挥、望断朱楼，倚断斜晖。　　人生几见春光好，怎年年社燕，偏爱分离。可惜金樽，无端负了花时。绿窗应记叮咛语，遍天涯、多少游丝。漫空悲、且把吟笺，寄与相思。

【评析】

绿窗叮咛作何语，耐人寻味。

【校记】

[一] 此词见《红梵精舍女弟子集》卷下 (P.12)。

眼儿媚^[一]　送别

　　秋来何处雁声长，阵阵断人肠。无多旧雨，无多新雨，酒醒灯凉。　　离情道似江头水，深绝故难量。只怕明朝，银奁化月，黄竹成箱。

【评析】

无旧雨，无新雨，何等落寞，但在酒醒时，更感落寞。

【校记】

[一] 此词见《红梵精舍女弟子集》卷下（P.11）。

五、哀悼

死别当然比生离更惨，所以，哀悼的文字都是从作者心坎里吐出来的。宋代的女作家张玉娘有一首诗，哭他的未婚夫："中路怜长别，无因复见闻。愿将今日意，化作阳台云。"虽是在文字的表面上，益没有什么血啊、泪啊一类的装点，粗看似乎不过是一种平常吊挽的作品，但伊的内心的悲痛，都隐藏在结句"化作阳台云"的骨子里。一个女子愿把伊化作阳台的云，献给伊的未婚夫，可知伊是一往情深了。不是悲痛至乎其极，那里说得出这种话。宛如哭得力竭声嘶，反而没有什么话哭得出来，只有攀着三尺桐棺，纵身跳进去，做一个同命鸳鸯了。可是，未婚妻不能这样做，只得作一种做不到的幻想了。我们读哀悼的词，都得用一番心理的体察，才能知道作者当时的哀感。

沈宜修

菩萨蛮　对雪忆亡女

疏梅香吐西阑曲[一]，娟娟一片潇湘绿。白雪绕庭飞，彤云接树低。　　谢娘何处去，孤负因风句[二]。莫把旧诗看，空怜花正寒。

【评析】

确是慈母的口气。

【校记】

[一]阑　《午梦堂集·鹂吹》(P.200)作"栏"。

[二]孤　《午梦堂集·鹂吹》作"辜"。

忆秦娥　寒夜不寐忆亡女

　　西风冽，竹声敲雨凄寒切。凄寒切，寸心百折，回肠千结。　　瑶华早逗梨花雪，疏香人远愁难说。愁难说[一]，旧时欢笑，而今泪血。

【评析】

寒夜，又是风雨，怎能成寐？不成寐，自然要钩起最痛心的事来。想到旧时的欢笑，怎能不引出今日的泪血？这一首比上一首更沉痛。

【校记】

[一] 愁难说　底本脱，据《午梦堂集·鹂吹》（P.202）补。

踏莎行　寒食悼女

　　梅萼惊风，梨花谢雨，疏香点点犹如故。莺啼燕语一番新[一]，无言桃李朝还暮。　　春色三分，二分已过，算来总是愁难数。回肠催尽泪空流，芳魂渺渺知何处。

【评析】

这三首词都是哭伊的才女小鸾的。伊随时随地在想念，能够用笔写出来的，不过几千万分之一。但我们已感到的悲痛，比任何人所写来得深刻。

【校记】

[一]莺啼　底本作"啼莺"，据《午梦堂集·鹂吹》（P.217）改。

庞蕙缵

满江红 书嘉禾李孝贞女事[一]

地老天荒，重翻过、鸳湖春色。记当日、白衣来梦，前身西极[二]。千古男儿忙不了，一时闺阁轻收得。羡缇萦、缓急请从行，真堪激。　　曹娥恨，江犹黑。陶婴志，环空碧。想呼苍哀吁，药铦朱实。女父病，愿以身代。有鸟衔朱实坠铦中[三]，服之即愈。泪浣枫根终有痛，魂栖庙树知何日[四]。听城南、夜夜杜鹃啼，催明月。

【评析】

李孝贞女的事迹，我们虽没有去考查，从这词里，可以知道伊的大概了。千古男儿一联，把李女赞得狠结实，就是把世人骂得狠厉害。

【校记】

[一]《全清词·顺康卷》(P.1952) 题作"嘉禾李孝贞女，终身不字，以养其父，一时缙绅言之详矣。其兄子荅广，征名作以表扬之，尤有古人之风焉，因为赋此"。

[二]记当日……西极 《全清词·顺康卷》句后有注云："事见本传。"

[三]铦 《全清词·顺康卷》作"药铦"。

[四]庙 《全清词·顺康卷》作"椿"。

沈宪英

水龙吟　哭少君姑母[一]

水晶深处琼楼，湘帘半卷鲛绡软[二]。桂旗翠陌，平沙碧草，瑶天烟暖。宝柱哀弦，曲终人杳，晚江清浅。奈芳菲极目，云霞未赏，都倩灵妃游伴。　　寂寞楚山高远，夜半猿声泪痕满[三]。镜消菱月，钗沉兰雾，霎时分散。恨逐波香，愁随浪影，一天幽霭。叹销魂正是[四]，白苹黄叶，暮鸿凄断[五]。

【评析】

从"镜上""钗上"，写睹物思人的感想。"霎时分散"，不仅是镜和钗，连"自己"也在内了。

【校记】

[一]《全明词》（P.2394）题末多"以沉水死"。

[二]帘　底本作"君"，据《全明词》改。绡　《全明词》作"鮹"。

[三]夜半猿声泪痕满　《全明词》作"听猿啼一声肠断"。

[四]销　《全明词》作"消"。

[五]凄断　《全明词》作"飞乱"。

吴芳

吴芳，字若英。清铨部吴昌时的女，贡生祖锡的妹，秀水徐然的妻。

丁香结　为未婚顾烈女作

　　兰拂清芳，菊垂素影，那容蝶蜂轻逗。待妆台攀折，绣帘永伴，任凄清相守。不堪人去也，花容杳、镜鸾虚负。含芳敛艳，更教甚日重撚玉手。　　难又，看袅袅娇枝，休拟彩丝牵袖。柳絮沾风，墙花笑路[一]，从教甘受。谁识香心有主，怎许怜清瘦。拼宵来憔悴，敢惜尘埋罍缶。

【评析】

也是从镜奁上着想，但是说得更凄惋。

【校记】

[一]路　底本脱，据《全明词》（P.1933）补。

于晓霞

于晓霞，字绮如，清金坛人。于尚龄的女，金文渊的妻。伊的母亲，就是冯兰贞。有《小琼华仙馆词》。

壶中天慢　秋夜悼蕴辉姊，用《漱玉词》韵

闲庭人静，听寒砧一片，绿窗深闭。雨滴芭蕉风撼竹，作出暮秋天气。橘绿橙黄，鲈肥蟹满，遥忆江乡味。故人何在，天涯有泪难寄。　　回首联袂西风[一]，踏青斗草，曲阑干同倚。杜宇声声惊客梦，往事蓦教唤起。玉笛慵吹，瑶琴罢抚，总是思君意。寸心千结，问君曾否知未。

【评析】

寄泪，真是奇事奇文！

【校记】

[一] 风　《闺秀词钞》卷一五（P.24）作"园"。

沈友琴

临江仙[一]　　为烈女顾季蘩赋

彤管徒传缑岭怨，采兰又酿新愁。此身已许便相酬。一朝巾帼志，千古丈夫俦。　　慷慨捐生犹易事，从容就义难求。楼空人去冷香篝。云寒朝欲暮，月淡夜何修。

【评析】
能道出烈女心事。

【校记】
[一]此词见《全清词·顺康卷》(P.11687)。

濮文绮

浣溪纱 题沈鹤子表叔荷华尺页^[一]，盖其悼亡之粉本也

重雨轻云两奈何，红尘难免不风波^[二]，将它移种到银河^[三]。 秋色已醒池馆梦，淡烟空染碧纹罗，春蚕丝少藕丝多。

【评析】

藕丝怎及蚕丝的有力？但蚕丝少，藕丝多，藕丝也自可怕了。

【校记】

[一] 鹤 底本无，据《弹绿词》（P.1）补。华 《弹绿词》作"花"。
[二] 免 底本作"觅"，据《弹绿词》改。
[三] 它 《弹绿词》作"他"。

曹佩英

曹佩英，字小琴，清长洲人。

虞美人 题《香畹楼忆语》[一]

玉钩望断穿针节[二]，忍说黄杨厄。人间天上一般秋，只是生离死别两般愁。　十行清泪鸾笺洗，影事从头记。千秋水绘要同传,只恐影梅还逊影兰缘。

【评析】

水绘园和影梅庵都是冒辟疆和董小宛的起居处。小宛死，辟疆著《影梅庵忆语》。

【校记】

[一]《闺秀词钞》卷一二（P.22）无此题，小注云:"见《香畹楼忆语》题词。"

[二]节　《闺秀词钞》作"夕"。

沈鹊应

沈鹊应,字孟雅,清侯官人。瑜庆的女,林旭的妻。有《崦楼词》。

浪淘沙 悼外[一]

报国志难酬,碧血谁收。箧中遗稿自千秋。肠断招魂招不到[二],云黯江头[三]。 绣佛旧妆楼,我已君休。万千悔恨更何尤。拼得眼前无尽泪[四],共水长流。

【评析】

学佛是无可排遣的排遣,寡鹄生涯,还有什么办法?

【校记】

[一]《崦楼词》(P.9)无此题。

[二] 招不到 《崦楼词》作"魂不到"。

[三] 黯 《崦楼词》作"暗"。

钱凤纶

钱凤纶，字云仪，清仁和人。翰林钱绳庵的女，黄式序的妻。有《古香楼词》。

孤鸾　咏孤燕，为林表兄作，时嫂新殁[一]

韶华易促，早帘幕封尘，佩环零玉。燕子多情，也伴主人幽独。不向乌衣觅偶，度春秋、依然孤宿。一任文禽比翼，趁晴波双浴。　　忆当时[二]、旧巢相对筑。更冲雨衔泥，同栖华屋。新雏初学语，喜呢喃声熟。忽被晓风吹散，泣离鸾、断弦难续。只影悲鸣花下，总愁红怨绿[三]。

【评析】

未知肯永作鳏鱼否?

【校记】

[一]《古香楼集·古香楼诗余》（P.765）题作"为林寅三表兄咏孤燕，时嫂重楣新没"。

[二] 时　《古香楼集·古香楼诗余》作"年"。

[三]《古香楼集·古香楼诗余》词末小注云："寅三情深奉倩，此词代写繁哀，可补悼亡之什。"

季兰韵

季兰韵，字湘娟，清常熟人。屈宙甫的妻。有《楚畹阁诗余》。

高阳台 见杨花感悼仙客

旧梦隋堤，新愁谢砌，和烟细扑帘旌。已苦春归，被伊碎尽春心。吟魂凄共游丝渺，趁东风、自去追寻。认分明、点点香球，并做啼痕。　　飘零也似残红样，恁无人怜惜[一]，自管离情。散入池塘，倩谁扶起轻盈。化萍纵使还能聚，奈相逢、已是来生。更凄清、待得重圆，记否前因。

【评析】

倘然果有来生，来生果能相逢，倒也没有话说，只是来生渺茫难凭呢。

【校记】

[一] 恁 《楚畹阁集·诗余》(P.1125) 作"任"。

顾贞立

顾贞立，字碧汾，清无锡人。贞观的姊。有诗词集。

风中柳　惜海棠并哭舍妹

看断肠花，真个柔肠断了。泪盈盈、黄昏清晓。吟笺绣帖，付冷烟衰草[一]。问何时、双眉重扫[二]。　　一霎韶光，容易鬓丝催老。不如君、长眠独早。疏香几笔，是玉人遗照。愿他生、池塘梦好。

【评析】

生不如死，是何等心境?

【校记】

[一]付　《顾贞立集·栖香阁词》（P.626）作"付与"。
[二]重　《顾贞立集·栖香阁词》作"同"。

吴湘

吴湘，字婉罗，清钱塘人。有《组纰草》[一]。

蝶恋花　吊邻姬

　　枕冷衾单知未嫁[二]。虚度春宵，减却千金价。薄命桃花将绽也，一朝风雨檐前谢[三]。　　捱尽凄凉多少夜。凤去楼空，寂寞应堪怕。环佩珊珊何日下，妆台闲剩菱花架[四]。

【评析】

无甚关系的人，却说得如此关切。

【校记】

[一] 小传误作重名吴湘。《闺秀词钞》卷七（P.18）小传云："湘字若耶，江都人。参军范昆仑副室。有《脂香窟集》。"并引《众香词》云："若耶诗琴画弈，迥绝时流。"

[二] 知　《闺秀词钞》作"如"。

[三] 前　《闺秀词钞》作"庭"。

[四] 闲　底本作"间"，据《闺秀词钞》改。

吕碧城

摸鱼儿 　游伦敦堡，吊建格来公主[一]

　　望凄迷、寒瀛古堡[二]，黄台瓜蔓曾奏。娃宫休问伤心史，惨绝燃其煎豆。惊变骤，暮玄武门开，弩发纤纤手。嵩呼献寿。记花拜螭墀[三]，云扶娥驭，为数恰阳九。　　吹箫侣，正是芳春时候。封侯底事轻负。金旟玉玺原孤注，掷却一圆莺脰。还掩袖，见窗外、囚车血浣龙无首。幽魂悟否。愿世世生生，平林比翼，莫作帝王胄。建格来即位仅九日，被马利女王所杀。临刑，先于囚室中睹其夫无首之尸，舁过窗外。详情见英史[四]。

【评析】

事迹凄艳得狠，词也足以相称，可称"词史"。

【校记】

[一]《吕碧城集》（P.94）题作"伦敦堡吊建格来公主 Lady Jane Grey"。

[二]寒瀛古堡　《吕碧城集》作"寒漪衔苑"。

[三]螭　底本作"璃"，据《吕碧城集》改。

[四]建格来……英史　《吕碧城集》无此注。

玲珑四犯　予遍览各国名胜,独眷恋罗马,以其多古迹也[一]。法罗罗曼 Foro Ro Mano 为千余年市场遗址[二],断础残甃,散卧野花夕照中[三],景最凄艳,赋此以志旧游之感

　　一片斜阳,认古甃颓垣[四],蝌篆苔翳。倦影铜驼,催入野花秋睡[五]。尽教残梦沉酣,浑不管、劫余何世。看凄迷尘垒萝蔓[六],犹似绮罗交曳。　　艳尘空指前游地。黯消凝[七]、屧香黏蕊[八]。大秦西望苍烟远,谁解明珠佩。重溯故国旧欢[九],记八骏、曾驰周辔。惹赋情绵邈,春痕长晕,穆瑶池际。十二世纪时,成吉思汗统一欧亚,罗马属焉。

【评析】

悲壮似不让"大江东去",回念祖国,更觉热情勃勃。

【校记】

[一]予遍览……古迹也　《吕碧城集》（P.89）作"意国多古迹"。

[二]法罗罗曼 Foro Ro Mano　《吕碧城集》作"佛罗罗曼 Fororomano"。

[三]中　《吕碧城集》作"间"。

[四]垣　底本作"坦"，据《吕碧城集》改。

[五]人　底本作"人"，据《吕碧城集》改。

[六]尘　《吕碧城集》作"废"。

[七]黯　底本脱，据《吕碧城集》补。消　《吕碧城集》作"销"。

[八]屐　《吕碧城集》作"屧"。

[九]欢　《吕碧城集》作"闻"。

洞仙歌　白葭居士绘松林，一人面海[一]，题曰"湘水无情吊岂知"以寄意[二]。南海康更生先生见而哀之[三]，题诗自比屈贾。而予现居之境，恰符此景[四]，复以自哀焉。爰题此阕，以应居士之属[五]。戊辰冬，识于日内瓦湖畔

何人袖手，对横流沧海。一样无情似湘水。任山留云住，浪挟天旋，争忍说，身世两忘如此。　　千秋悲屈贾，数到婵娟，我亦年来尽堪拟。遗魂满仙源[六]，无尽栏干[七]，更无尽，瀛光岚翠。又变徵上声遥闻动苍凉，倚画里新声，万松清吹。

【评析】

倘是女中屈贾，这便是《离骚》的词。

【校记】

[一]一人面海　《吕碧城集》（P.114）作"一人面海而立"。

[二]以寄意　《吕碧城集》无。

[三]先生　《吕碧城集》作"君"。

[四]符　《吕碧城集》作"同"。

[五]属　《吕碧城集》作"嘱"。

[六]魂　《吕碧城集》作"恨"。

[七]栏　《吕碧城集》作"阑"。

金缕曲　《伦敦快报》称银幕明星范伦铁脑 Valentino 之死[一]，世界亿万妇女赠以泪眼及香花[二]，而无黄金之赙，迄今借厝他茔，不克迁葬。其理事人发乞助之函若干封于范氏富友[三]，答者仅为六函[四]。予为莞尔，并赋此阕寄慨[五]

　　孰肯黄金市。叹荒邱、萧条骏骨[六]，一棺犹寄。知否恩如花梢露，花谢露痕干矣[七]。况幻影、鱼龙游戏[八]。人海茫茫银波外，问欢场若个矜风义。原惯态，事非异。　　征韬曾访鸣珂里。黯余春、碧桃零落[九]，小门深闭[十]。旧梦凄迷无寻处，消息翠禽重递。算吟债、今番堪抵。乞取神风东溟送，倚新声好赚惺惺泪。虚幕雹，夜灯炧[十一]。

【评析】

恩如花梢的露，不奇，奇在花谢露干。

【校记】

[一] 范伦铁脑 Valentino　《吕碧城集》（P.107）作"范伦铁诺 R. Valentino"。

[二] 泪眼　《吕碧城集》作"涕泪"。

[三] 若干　《吕碧城集》作"千"。

[四] 为　《吕碧城集》无。

[五] 并赋此阕寄慨 《吕碧城集》作"曩予舟渡大西洋，曾梦范氏乞诔（事见《鸿雪因缘》），今赋此阕寄慨，兼偿夙诺焉"。

[六] 萧条 《吕碧城集》作"尘封"。

[七] 干 《吕碧城集》作"晞"。

[八] 鱼龙游戏 《吕碧城集》作"游龙清戏"。

[九] 碧 《吕碧城集》作"小"。

[十] 小门 《吕碧城集》作"绮窗"。

[十一] 乞取……地 《吕碧城集》作"记取仙槎西来夜，荐灵风、倦枕惊涛里。残酒醒，绛灯地"。

金缕曲 德国 Diestel 夫人美丰姿[一]，工谈笑，一见倾心，相知恨晚。据云，欧战时，青岛陷后，家族悉为俘虏，己独飘流至沪，言次黯然，为感赋此阕

剪烛蕉窗底[二]。道相逢、惺惺惜惜，飘零身世。等是仙葩散瑶阙[三]，莫问根株同异。天也忌、山河靡丽[四]。多少罡风吹尘劫，任春红揉损金瓯碎。况我辈，何须计[五]。　　幽兰不分香心死。抚吴钩、邀君起舞，且回英气。一抹瀛波朝曦外，遥指同雠与子。怕来日、萍踪千里。花落花开等闲耳[六]，只今宵有酒还须醉。残泪拭，杯重洗[七]。

【评析】

"与子同雠"，作者眼儿不小。今日展诵，更觉预言可证。

【校记】

[一]Diestel 《吕碧城集》（P.245）前多"狄斯特尔"。

[二]蕉 《吕碧城集》作"旧"。

[三]散 《吕碧城集》作"来"。

[四]靡 《吕碧城集》作"攻"。

[五]何 《吕碧城集》作"那"。

[六]等闲 《吕碧城集》作"寻常"。

[七]杯 《吕碧城集》作"盏"。

六、投赠

没有解放的女子，交际是处处拘束的。但诗词的投赠，在所不禁，所以有许多心事，都在字里行间发抒出来。最够消魂的，当然是"寄外"。宋朝有一个四川的妓女，因着伊的恋人往来疏阔，疑心别有所属。那恋人作词解释，妓还答他一首词，妙绝！说是："说盟说誓，说情说意，动便春愁满纸。多应念得脱空经，是那位先生教底。 不茶不饭，不言不语，一味供他憔悴。相别已是不曾闲[一]，又那得功夫咒你。"滑稽突梯，却极有情致。一本正经的女词人，不会像这般赤裸裸地说得干脆爽快，但在宛约蕴藉中间，也可看到深藏在心底的情绪。便是寻常唱和的词，往往有诉尽平生的话。

[一] 闲 底本作"间"，据《全宋词》（P.1604）改。

关锳

卜算子　示霭卿

难得望春来，君又留难住。到得君归没杏花^[一]，却又愁春去。　　春去肯重来，花落还开否。到得明年有杏花，又要听春雨。

【评析】

把"陌上花开，可缓缓归矣"的话翻出新意来。

【校记】

[一] 到得　底本作"得到"，据《梦影楼词》（P.11）改。

席佩兰

席佩兰，字道华，一字韵芬，清昭文人。翰林院庶吉士常熟孙原湘的妻。有《长真阁诗余》。

苏幕遮　送春寄子湘[一]

绿阴交[二]，深院闭。怕倚阑干，春在斜阳里。几片飞花才到地。多事东风，又促花飞起。　　篆丝长，帘影细。一径无人，遮断春归计。人纵留春春去矣。点点杨花，还替花垂泪[三]。

【评析】

"春在斜阳里"，这春就值得留恋了。

【校记】

[一] 湘　《长真阁集·长真阁诗余》（P.2151）作"潇"。

[二] 交　《长真阁集·长真阁诗余》作"深"。

[三]《长真阁集·长真阁诗余》词末有注云："'点点杨花'二句，一作'明日池塘，惟有东流水'。"

陶淑

陶淑,字梦琴,清新城人。陶卓亭的第四女,宁阳周炳如的妻。《绿云楼诗存》及《菊篱词》^[一],都是她的作品。

玉连环影^[二] 送春寄外

春去寂寂人何处,试立回阑,好对荼蘼语。篆霏霏,昼迟迟,愁听子规声里雨如丝。

【评析】

只有荼蘼可以对语,争奈又添了雨丝风片。待得荼蘼花事了,不知这位女词人又怎样地排遣她的愁情呢?

【校记】

[一]菊 底本作"鞠",据《菊篱词》改。

[二]此词见《菊篱词》(P.7)。

汪淑娟

汪淑娟，字玉卿，清钱塘人。孝廉金绳武的妻。有《昙花词》。

卖花声 [一] 寄韵仙

　　独自展鸳衾，情思昏沉。芭蕉滴雨好难禁。便是当时心也碎，何况如今。　　坐起费搜寻，调弄徽音。七弦原是一条心。千万休将心冷了，叮嘱瑶琴。

【评析】

七弦合成一心，是奇语，是妙语。

【校记】

[一] 此词见《昙花词》(P.3)。

葛秀英

忆王孙　集旧句寄呈夫子

画堂深处麝烟微_{顾夐}，闲立风吹金缕衣_{韩偓}[一]，红绡带缓绿鬟低_{白居易}。落花飞_{王勃}，不见人归见燕归_{崔鲁}。

【评析】

不啻若自其口出。

【校记】

[一] 韩偓　底本作"韩渥"，据《澹香楼词》（P.4）改。

钱凤纶

鹊桥仙^[一] 寄外

　　鸿雁初来，梧桐乍落，正是早秋时节。夜深无计遣愁怀，那更又、灯儿将灭。　　罗襦慵解，篆烟微烬，无限幽情难说。低回脉脉少人知，还幸有、今宵明月。

【评析】

明月有此艳福，可惜明月不是解人。

【校记】

[一] 此词见《古香楼集·古香楼诗余》(P.768)。

钟筠

生查子^[一] 和钱淑仪、查夫人

　　斜月逗湘帘，卷映银河浅。翠幕暮寒生，阵阵西风剪。　　蟋蟀入床头，似诉幽人怨。清影到梧桐，寂寞闲庭院。

【评析】

连蟋蟀自己也不知道。

【校记】

[一] 此词见《全清词·顺康卷》(P.4969)。

孙云凤

菩萨蛮　寄仙品妹

　　绣衾不寐愁如织，玉炉烟袅纱窗碧^[一]。残月照帘钩，雁声寒带秋。　　夜阑人寂寂，何处高楼笛。灯背小屏孤，梦无书也无。

【评析】

因无书信，期望有梦。梦也无有，何况书信！

【校记】

[一]炉　底本作"露"，据《全清词·雍乾卷》（P.8325）改。

屈蕙纕

屈蕙纕，字逸珊，清临海人。王咏霓的妻。有《含青阁诗余》。

菩萨蛮　和韵

　　珊瑚枕畔钗欹凤，流莺啼破红窗梦。睡起倚妆楼，飞花点点愁。　　绿波江上水，流进离人泪。脉脉背阑干[一]，颦眉低远山。

【评析】

水样的离泪，山样的愁眉，非有海样的深情，不能相称。

【校记】

[一]阑　《含青阁诗余》（P.394）作"栏"。

吴文柔

吴文柔，字昭质，清吴江人。吴兆骞的妹[一]，解元杨廷枢长子焯的妻。有《桐听词》。

谒金门　寄汉槎兄塞外

　　情恻恻，谁遣雁行南北。惨淡云迷关塞黑，那知春草色。　　细雨花飞绣陌，又是去年寒食。啼断子规无气力，欲归归未得。

【评析】

在塞外，连惹人相思的春草都看不到，是何等寂寥的境地？

【校记】

[一]吴兆骞　底本作"吴兆蹇"，据《全清词·顺康卷》(P.5987)小传改。

陆姮

陆姮，字鄂华，清长洲人。张诩的妻。

菩萨蛮^[一] 寄外

小楼昨夜春寒渐，绿筠帘子何曾卷。帘外又斜阳，一溪新水香。 已教人远别，更把青山隔。人自不思归，布帆空解飞。

【评析】

责备得有口难辩。

【校记】

[一] 此词见《闺秀词钞》卷一二（P.26—27）。

沈树荣

点绛唇　寄吴夫人小畹^[一]

隔个墙头，几番同听黄昏雨^[二]。别来情绪，向北看春树。　　一院藤花，底是临书处^[三]。还分取^[四]，绿窗朱户，袅袅茶烟缕。

【评析】

只一墙之隔，已有如许别绪。

【校记】

[一]《全明词》（P.2394）题作"怀吴夫人庞小畹"。

[二]黄昏　《全明词》作"墙头"。

[三]书　《全明词》作"池"。

[四]分　《全明词》作"记"。

喻揼

浣溪纱 [一]　示莲女 [二]

晓日当窗理绣丝，莫调金粉莫拈诗，倦余聊倚碧梧枝。　　道韫才华妨静女 [三]，少君风范是良师，耽书休似阿娘痴。

【评析】

耽书确是痴情的根苗。

【校记】

[一] 纱　《全明词》（P.3329）作"沙"。

[二] 莲女　《全明词》作"女莲"。

[三] 韫　底本作"蕴"，据《全明词》改。

吴森札

菩萨蛮[一]　晚沐和韵

　　晚风乍引新凉入，卷帘慵向妆台立。日影下西厢，小池菡萏香。　　解鬟轻贴地，兰沐香萦臂。莫便弃残膏，还将润玉搔。

【评析】

如画！

【校记】

[一] 此词见《闺秀词钞》卷二（P.18）。

陆惠 [一]

陆惠,字璞卿,一字又莹。清人张澹的妻。有《得珠楼筝语》[二]。

如梦令　寄外子客馆

正苦花深雾重,密字衔来青凤。一字一明珠,照彻心心俱痛。如梦,如梦,梦里将愁细种。

【评析】

无信要相思,有信又心痛,做人真难。

【校记】

[一]陆惠　底本作"陆蕙",据《闺秀词钞》卷一一 (P.21) 署名改。下文径改。

[二]得　底本脱,据《闺秀词钞》补。

于晓霞

江城梅花引　冬夜寄故园诸姊妹

朔风阵阵透纱窗。思微茫，又昏黄。欲抚瑶琴，金鸭懒添香。竹影参差帘幕静，对寒月，念悠悠[一]，思故乡。　　故乡，故乡，道路长。隔余杭，又吴江。望也望也，望不见，烟树苍苍。犹记联吟咏絮共评量，惆怅而今千里别，逢好景，怕登临，空断肠。

【评析】

好在说得极寻常，极流利。

【校记】

[一]念　《笠泽词征》卷二三（P.2665）作"意"。

叶纨纨[一]

浣溪纱　赠婢[二]

　　欲比飞花态更轻，低徊红颊背银屏，半娇斜倚似含情。　　嗔带淡霞笼白雪，语偷新燕怯黄莺，不胜力弱懒调筝。

【评析】

大约就是随春，所以有这般楚楚可怜的模样。

【校记】

[一] 此词《午梦堂集·返生香》（P.398）属叶小鸾，是。

[二] 《午梦堂集·返生香》题作"同两姊戏赠母婢随春"。

韩智玥

韩智玥，明潮州人。敬的女，于銮的妻。

浣溪纱　東瞿夫人

　　　玉箸双垂薄袖寒[一]，十离诗就背人看，闲愁赢得许多般[二]。　　月转空阶天欲曙，香蒙倦枕梦初阑，相思一夜小梅残。

【评析】

这一夜，大概是风风雨雨的一夜[三]。

【校记】

[一] 薄袖　《全明词》（P.1582）作"透脸"。

[二] 许　《全明词》作"几"。

[三] 概　底本作"慨"，据文意改。

吉珠

吉珠，字夜光，清平阳人。有《萍浮词》[一]。

菩萨蛮　寄远

南天一雁飞无迹，美人斜背银屏立[二]。眉黛为君攒，暗将珠泪弹。　　佳期今是否，又绿楼头柳。待月拨银筝，谁人知我情。

【评析】

问得可伤！

【校记】

[一] 萍浮　底本作"浮萍"，据《全清词·顺康卷》小传改。

[二] 银屏　《全清词·顺康卷》(P.11816) 作"栏干"。

许诵珠

许诵珠，字宝娟，清海宁人。楗的女，朱镜仁的妻。有《雯窗瘦影词》[一]。

菩萨蛮[二]　寄外

　　亚檐红绽荆桃小，枝头影闪相思鸟。对镜抹玄绡[三]，远山慵不描。　　愁牵杨柳月，梦断梨花雪。杜宇尽情啼[四]，问君归不归。

【评析】

读此词而不归，是没有人情了。

【校记】

[一]《雯窗瘦影词》　底本作"《雯窗词》《销影词》"，据《雯窗瘦影词》改。

[二]《雯窗瘦影词》（P.1）调名作"重叠金"，同调异名。

[三]玄　《雯窗瘦影词》作"元"。

[四]雪杜　底本作"杜雪"，据《雯窗瘦影词》改。

王睿

王睿，字智长，清泰兴人。吴嘉纪的妻。有《陋轩词》。

卜算子 [一]　秋夜寄外

风急雁书空，露冷蛩吟户。莫道秋来便可怜，有恨凭谁诉。　记起意中情，惹却心头苦。咒得银河不肯明，坐到三更鼓。

【评析】

倘然果能咒得银河不明，人定可以胜天了。

【校记】

[一] 此词见《全清词·顺康卷》（P.1592）。

董婉贞 [一]

董婉贞，字双湖，清阳湖人。汤贻汾的妻 [二]。

卜算子　画梅寄外 [三]，时在粤东

　　折得岭头梅，忆着江南雪。君到江南雪一鞭，可是梅时节。　　画了一枝成，没个人评说。抵得家书寄与看，瘦似人今日。

【评析】

"家书抵万金"，这一幅梅花，抵得十万封家书。

【校记】

[一] 董婉贞　底本作"董婉真"，据《闺秀词钞》卷一〇 (P.20) 署名改。下文径改。

[二] 汤贻汾　底本作"汤贻芬"，据据《闺秀词钞》小传改。

[三] 画　《闺秀词钞》作"写"。

吴芳

阮郎归 寄远

　　东风吹就雨廉纤[一]，慵将针线拈。暗愁多半上眉尖，残灯和泪添。　　罗帐冷，髻鬟偏，无言且欲眠[二]。欲凭清梦到君边，谁知梦也悭。

【评析】

又把灯油比泪，和李商隐的"蜡烛有心还惜别，替人垂泪到天明"，同一心思。

【校记】

[一] 廉　《全明词》(P.1933) 作"帘"。

[二] 欲　《全明词》作"独"。

俞浚

俞浚，字安平，清仁和人。郑慕韩的妻。有《平泉山庄集》。

蝶恋花　寄外[一]

　　一带苍烟笼远树。望里斜阳，隔断天涯路。帘卷画楼双燕舞，寒潮乍落春帆渡。　　柳谢花残江景暮。数点归鸦，叫过山头去。人又不来音又阻，柔情万缕和谁诉。

【评析】

连书信都没有，使闺中人更为难堪。

【校记】

[一]《全清词·顺康卷》（P.8666）题作"寄怀慕韩江右"。

钟韫 [一]

蝶恋花　赠邻女

幼女性情天与慧。红杏窗前，爱把新妆试。怨粉愁香如有意，相思未解真滋味。　　露湿春枝花更丽 [二]。半面含娇，的的争明媚。深院垂杨门深闭 [三]，春风何限登楼思。

【评析】

"怨粉愁香"，惝然出于无意，方解得相思真味，这是什么心理哲学？

【校记】

[一] 钟韫　底本作"钟筠"，据《梅花园存稿·诗余》署名改。

[二] 湿　底本作"温"，据《梅花园存稿·诗余》（P.205）改。

[三] 深　《梅花园存稿·诗余》作"昼"。

尤澹仙

尤澹仙，字素兰，一字寄湘，清长洲人。有《晓春阁诗词》。

青玉案^[一] 寄呈心斋先生

　　新凉夜散梧桐树，高阁卷帘凝伫。人隔蒹葭谁共语。风前短笛，柳梢残月，尽是牵愁处。　　浮云富贵何堪数，转瞬韶华不如故。去去仙源寻旧路。青衫雪鬓，红裙泪眼，总被多情误。

【评析】

不错，总是情的作祟。

【校记】

[一] 此词见《闺秀词钞》卷一四（P.26）。

俞庆曾

俞庆曾，字吉初，清德清人。樾的孙女。有《绣墨轩词》。

青玉案　戏代牵牛答织女[一]

三千弱水难飞渡[二]，卿不解、凌波步[三]。云饮霞餐朝又暮。天上多愁，人间多恨，总是聪明误[四]。　　星帏月帐情如许[五]，无赖天鸡催又曙[六]。残月晓风归去路。清虚紫府，丹山碧海，种遍相思树。

【评析】

天上也有相思树，莫怪龚定盦说"人间无地署无愁"了。

【校记】

[一]《绣墨轩诗词》（P.1510）题首无"戏"。

[二]难飞　《绣墨轩诗词》作"飞难"。

[三]凌　底本作"淡"，据《绣墨轩诗词》改。

[四]聪明　《绣墨轩诗词》作"灵心"。

[五]情　底本作"清"，据《绣墨轩诗词》改。

[六]催又　《绣墨轩诗词》作"又催"。

醉花阴[一]　和瑟庵韵

　　一抹晚霞花气暝，琴韵书声应。香篆锁窗纱，下了帘栊，小语防人听。　　月明如水人初定，郎识侬情性。笑促卸残妆，卸了残妆，相倚同窥镜。

【评析】

艳福不浅，是"有甚于画眉"的注脚。写这种喜剧的词，实在不多。

【校记】

[一] 此词见《绣墨轩诗词》(P.1506)。

赵我佩

江城梅花引^[一]　寄采湘

瘦腰怯似柳枝柔。怕经秋，易经秋。容易西风，吹恨上眉头。谁惜近来憔悴甚，心似醉，一丝丝，绕乱愁。　　乱愁，乱愁，数更筹。衾半兜，香半留。梦也梦也，梦不到，旧时妆楼。怪煞销魂帘底月如钩^[二]，照遍花前携手路，人去也，剩相思，泪暗流。

【评析】

"怕经秋，易经秋"，愁人确有此等情况。

【校记】

[一]《碧桃馆词》（P.3）调名作"江梅引"，同调异名。

[二]煞　《碧桃馆词》作"杀"。

叶辰

叶辰，字龙姝，清吴县人。有《倚竹吟》。

三字令　寄锦树

　　郎别后，误佳期，减腰肢。巫山梦，雨云迷。恨窗前，红日影，晓莺啼。　　慵梳洗，怕相思，上翠眉。珠泪滴，湿罗衣。又关情，花并蒂，鸟双飞[一]。

【评析】

人不如花，人不如鸟，有时替花伤"落"，替鸟伤"离"，真是仁者见仁，智者见智。

【校记】

[一]鸟　《全清词·顺康卷》（P.10676）作"燕"。

王倩

王倩,字雅三,号梅卿,清山阴人。陈基的继妻。有《洞箫楼词》。

眼儿媚[一] 本意有赠

剪水天然入鬓流,无计赚回头。歌阑灯下,酒醒枕上,半晌横秋。   背人一笑嫣然处,密意暗相酬。销魂最是,睨郎薄怒,窥客佯羞。

【评析】

眼儿有此媚态,怎不销魂? 但还不及"临去秋波那一转",更媚入骨髓。

【校记】

[一] 此词见《问花楼集·洞箫楼词钞》(P.3090)。

阚寿坤

阚寿坤，字德娴 [一]，清合肥人。方承霖的妻。有《红韵阁词》。

南歌子 [二]　戏有赠

　　鞶袖笼鸳钏，拖裙掩凤鞋。盘云半臂趁身裁，日换时新银炼与金钗。　　额发中年画，妍媸背面猜。等闲结伴步香街，傲说苏州两字笑人呆。

【评析】

苏州的女子，有何可傲？苏州以外的女子，如何不妒？

【校记】

[一] 娴　底本作"嫺"，据《闺秀词钞》卷一六（P.8）改。

[二] 《闺秀词钞》调名作"双调风蝶令"，同调异名。

徐自华

徐自华，字忏慧，湖州人。

鬓云松　今春，余君十眉曾约佩子与余探梅邓尉，并梦余填词得"红冰"句，驰书见告。旋因他事，未果往。顷索题《鸳湖双桨图》，为赋此解，即用其语于末，以志梦灵也

鬓拖鸦，钗堕凤。薄薄罗衣，可耐凉风送。双桨轻划休太重。湖有鸳鸯[一]，恐破鸳鸯梦。　　黯销魂，余旧痛。影事前游，绘入清图供。隔岸芙蓉曾与共。顷刻花开，泪结红冰冻。

【评析】

"恻隐"之心，人皆有之。

【校记】

[一]湖有鸳鸯　底本脱，据《徐自华诗词集》(P.5620)补。

吕碧城

瑞龙吟　和清真

　　横塘路。还又冶叶抽条，繁英辞树。最怜老去方回，断魂尚恋，芳尘送处。　　悄延伫。愁见唾茸珠络，旧时朱户。蠹笺暗褪芸香，不堪重认，题红密语。　　苦忆前游如梦，翠裾长曳[一]，锦褵低舞。巢燕归来，雕梁春好非故。余哀零怨，写尽闲词句。更谁见、湘波蘸影[二]，袜罗微步[三]。春共行云去。吴蚕未蜕，犹牵病绪。织就愁千缕。酿一寸，芳心黄梅酸雨。罘罳闷倚，倦怀谁絮。

【评析】

写旧时书信，楚楚可怜。

【校记】

[一]裾　《吕碧城集》（P.43）作"裙"。

[二]湘波蘸影　《吕碧城集》作"梨云沁影"。

[三]袜罗　《吕碧城集》作"隔花"。

烛影摇红　有感时事，以闲情写之，次芷生韵[一]

　　絮影萍痕，海天芳信吹来遍。野鸥无计避春风，也被新愁染。早又黄昏时渐，意惺忪、低回倦眼。问谁系住，柳外骄阳，些儿光线。　　一霎韶华，可怜颠倒闲莺燕。重重帝网殢春魂，花缀灵台满。底说人天界远。忏三生、芷愁兰怨。销形作骨，铄骨成尘，更因风散。

【评析】

一结不是大澈悟、大解脱者，不能说。

【校记】

[一] 生　底本作"升"，据《吕碧城集》（P.30）改。

月下笛　得迁琐居士书却寄[一]

　　吟管搴芳，仙裳蘸渌，俊游还再。远游无赖[二]，鸥鹭湖边相待。遍人间、笙歌正酣，冷香杜芷闲自采。谢题襟旧侣，玉珰缄札[三]，赋情犹在。　　桑田变否，试问讯麻姑，朱颜暗改。渭流脂腻，愁渡西戎红海。劝灵源、春痕秘留，碧桃且莫漂片蕊。渺心期，又见三山，半落青昊外。

【评析】

不是寻常赠答语。

【校记】

[一]《吕碧城集》（P.129）无此题。

[二]远游无赖　《吕碧城集》作"几曾孤负"。

[三]札　底本作"扎"，据《吕碧城集》改。

七、题咏

赋、比、兴是诗的应具的条件。词是诗之余，自然也应具有这三个条件。能状物，不能算尽文学的能事，要借物"兴"感，要用物"比"事，才是有个性的作品，是有灵魂的作品，是活的作品。宋王昭仪题驿壁《满江红》词末句："驿馆夜惊尘土梦，宫车晓碾关山月。愿嫦娥、相顾肯从容，随圆缺。"当时文文山见了，便说伊措辞欠斟酌，替伊另外做两首。第一首的结句："回首昭阳离落日，伤心铜雀迎新月。算妾身、不愿似天家，金瓯缺。"第二首的结句："世态便如翻覆雨，妾身原是分明月。笑乐昌、一段好风流，菱花缺。"就意义上讲，确是文山说得堂皇冠冕，充满着爱国心肠。但昭仪的话，也是切合自己身分地位而说。一个奔波风尘、生死莫测的弱女子，只有呼天吁地，期望嫦娥的相顾，随着伊们而从容圆缺之。所以，徐电发在《词苑丛谈》里也替伊辩护说："王昭仪抵上都，恳请为女道士，号冲华。然则昭仪女冠之请，与丞相黄冠之志，后先合辙。从容圆缺语，何必遽贬耶？"所以，女子的题咏，和男子的见解当然不同的。

李佩金

李佩金，字纫兰，一字晨兰，清长洲人。李虎观的女，山阴何仙帆的妻。有《生香馆词》。

青衫湿　题《浔阳送客图》

半帆冷月空江白[一]，枫荻晚烟横。归鸿无数，乡心几许，如此秋声。　尊前掩面，凄凄切切，细数生平。琵琶哀怨，青衫憔悴，一样销魂[二]。

【评析】

琵琶的哀怨，青衫的憔悴，是"同病"，所以"相怜"，这词把白乐天的心事说穿了。

【校记】

[一] 江　底本作"红"，据《全清词·雍乾卷》（P.8568）改。
[二] 销　《全清词·雍乾卷》作"消"。

屈秉筠

屈秉筠，字宛仙，清常熟人。秀才赵同钰的妻。有《韫玉楼诗词集》。

重叠金[一]　梨花双燕便面

　　东风吹得梨云老，苔茵几尺埋香早。蝴蝶梦无踪，残妆不肯浓。　　看他双燕子，怜惜还如此。衔得一星星，无非是好春。

【评析】

原来春在燕子的嘴里。

【校记】

[一] 此词见《全清词·雍乾卷》（P.8492）。

范玉

范玉，字素君，清山阴人。吴江郭频伽的妻[一]。

阑干万里心　题《浮眉楼图》，依夫子韵

　　春山平远不宜秋，新月弯环只似钩[二]，说与萧郎莫浪游。怕登楼，一曲阑干一曲愁。

【评析】

阑干是楼的一部分，却是最有意味的一部分。意味在那里，只是一个"曲"字。

【校记】

[一] 郭频伽　底本作"郑频伽"，据《笠泽词征》卷二三（P.2655）改。

[二] 弯　底本作"湾"，据《笠泽词征》改。

吴麟珠

吴麟珠，字友石，清泾县人。同知章华的妻，侨寓杭州，城破殉节。有《倚琴阁词》。

长相思 [一]　题《美人斜倚薰笼图》

镜慵窥，枕慵欹。正是香温锦幄时，含颦如有思。　　夜何其，漏频移。冷暖年来只自知，不眠犹待谁。

【评析】

"含颦如有思"，已满含讽刺。"不眠犹待谁"，更问得咄咄逼人。

【校记】

[一] 此词见《闺秀词钞》卷一五（P.10）。

丁采芝

丁采芝,字芝润,清无锡人。张淑征女士的女,邹廷扬的妻[一]。有《芝润山房诗词》。

浪淘沙　重读《生香馆诗词》题后

开卷便生怜,好句如仙。玉钗敲断梦难圆。如此韶华如此过,那得延年。　　底事不成欢,月夕花天。怀人题遍衍波笺。个里伤心人不晓,说也凄然。

【评析】

妙在"说也凄然",所以不必说了。但不说,教人怎晓伊的伤心?

【校记】

[一] 邹廷扬　底本作"邹廷敬",据《闺秀词钞》卷一五(P.16)作者小传改。

吴琼仙

吴琼仙，字子佩，一字珊珊。清翰林院待诏徐达源的妻。善绘画，山水花鸟，各尽其妙。有《写韵楼集》。

南乡子　题廖织云女士画

烟锁云平，依稀此景昔曾经[一]。鸡犬人家都不管，山花乱，屋角斜阳红一段。

【评析】

词中有画，大约画中有词。

【校记】

[一] 景　《写韵楼诗集》（P.2873）作"境"。

唐多令　题竹阴美人画扇

对罍顿书仓[一]，灯烟绕洞房[二]。望妆台、只隔红墙。半露腰身刚一搦，便料得，小鞋帮。　　底事费回肠，推敲一字忙。碎秋心、记起还忘。最好几重寒玉影，千个字，正当窗。

【评析】

上半阕的结句，比画还活跃。

【校记】

[一]顿　底本作"却"，据《写韵楼诗集》（P.2873）改。

[二]灯　《写韵楼诗集》作"炉"。

清平乐 [一]　题冯甥《月夜听箫图》

　　碧桃开了，春事江南早。刻翠裁红诗思好，花信番番吟到。<small>甥有《二十四番花信词》。</small>　　阿谁红豆亲拈，碧箫偷抆檐前。赢得玉人双笑，秦楼月正纤纤。

【评析】

是黄金时代。

【校记】

[一] 此词见《写韵楼诗集》（P.2873）。

菩萨蛮　题郭频伽《鹭盟鸥图》

雨晴云淡江村暮,轻舟短棹苇间渡。秋晚水风凉,白苹花暗香。　　野鸥三十六,溪上闲相逐。招隐有前盟,烟波深复深。

几声渔笛沧江晚,一痕疏雨汀沙软。梦稳橛头船,与鸥相对眠。　夜来霜月苦,听得征鸿雨。辛苦度关河[一],天寒风雪多。

【评析】

江村生活的象征,田园词人的象征。

【校记】

[一] 度　底本作"渡",据《笠泽词征》卷二三（P.2651）改。

陆惠

忆旧游　题《五湖渔庄图》[一]

　　指湖光一抹，峦翠双螺，缥渺堪寻。天末迷离影，剩浓云摊絮[二]，隔断烟岑。卜居水竹何处，遐想碧波深。便画出巢痕，访来诗境，煞费仙心。　　沉吟，故乡路，叹树杪斜阳，误了归禽。暮向图中见[三]，有鸥眠远渚[四]，鹭立寒浔。渔庄如此清剧，未许点尘侵。试卷上疏帘，西山爽气凉到襟。

【评析】

我欲老是乡。

【校记】

[一]《闺秀词钞》卷一一（P.22）无此题，有注云："见《五湖渔庄图》题词。"

[二] 摊　《闺秀词钞》作"拥"。

[三] 暮　底本作"骞"，据《闺秀词钞》改。

[四] 渚　底本作"处"，据《闺秀词钞》改。

王淑

生查子^[一] 题《畹香楼图》

　　月冷小红楼，薄命悲今古。香草美人空，燕子浑无语。　　慧业种愁根，留得伤春句。零乱碧桃花，可有魂来去。

【评析】

鬼气嘤嘤。

【校记】

[一] 此词见《竹韵楼诗词·竹韵楼琴趣》(P.11)。

陆蒨 [一]

陆蒨，字芝仙，清阳湖人。谢俊士的妻。有《倩影楼词》。

柳梢青 [二]　　自题《拈花小影》

　　杨柳烟斜，海棠风细，春去些些。香冷鲛绡 [三]，尘封鸾镜，人在天涯。　　可怜锦瑟年华，尽一例、飘零落花。十二重楼，三千弱水，隔着侬家。

【评析】

有出尘想。

【校记】

[一] 陆蒨　底本作"陆倩"，据《倩影楼遗词》（P.2）改。下文径改。

[二]《倩影楼遗词》调名作"早春怨"，同调异名。

[三] 香　《倩影楼遗词》作"帕"。

鲍之芬

鲍之芬,字药缤,一字浣云[一],清丹徒人。徐彬的妻[二]。有《三秀斋词》。

南歌子[三]　题《春园扑蝶图》

　　石藓侵裙碧,苔花印屐微。西园桃李惜芳菲,暗恼无情蝴蝶送春归。　　似梦犹迷草,寻香故绕衣。逡巡把扇怕惊飞,要扑一双粉本画屏帏[四]。

【评析】

扑蝶为了作画,因为蝶粉就可以画蝶的。

【校记】

[一] 浣云　底本作"瀚云",据《全清词·雍乾卷》(P.8069)小传改。

[二] 徐彬　底本作"徐□□",据《全清词·雍乾卷》小传改。

[三]《全清词·雍乾卷》(P.8072)调名作"风蝶令",同调异名。

[四] 帏　《全清词·雍乾卷》作"帷"。

王倩

浪淘沙　题冯玉如《月夜听箫图》^[一]

酒醒夜凄清，何处箫声。被风吹断又零星。知有几多愁思在，诉不分明。　　想得薄寒生，露湿帘旌。沉吟还自绕阶行。依约碧桃花底影，斜月三更。

【评析】

箫声是诉愁思，从《赤壁赋》来。

【校记】

[一]《问花楼集·洞箫楼词钞》（P.3088）题首无"题"。

孙云凤

孙云凤,字碧梧,清仁和人。程懋庭的妻[一]。有《湘筠馆词》。

浪淘沙 郭频迦《春山埋玉图》[二]

　　香篆锁重云,梦也还真。年年芳草认罗裙。只有玉梅花万点,月逗春痕。　　寂寞软红尘,玉碎珠分。雪肤花貌可怜人。隔个绿波招不得,黯尽吟魂。

【评析】

埋玉在春山,却又说"隔个绿波",是别生波澜。

【校记】

[一] 程懋庭　底本作"程□□",据《历代妇女著作考》(P.462)改。

[二]《全清词·雍乾卷》(P.8328)题首多"题"。

沈珂

沈珂，字云浦，清江阴人。黄曾慰的妻。有《醉月轩词》。

虞美人 [一]　题《有约不来过夜半图》

凭栏怯怯纤腰娜，雾鬓云鬟觰。修眉淡扫远山痕，任是无言我见也销魂。　　琐窗一剪灯花落，似有楸枰约。闲拈玉子意阑珊，只恐夜深不耐五更寒。

【评析】

只是约着棋么？

【校记】

[一] 此词见《闺秀词钞》卷一五（P.7）。

陈嘉

陈嘉，字子淑，清仁和人。高望曾的妻。有《写眉楼词》。

虞美人　题《美人扑蝶图》

　　云鬟装就娇模样，罗带风前飏。手拈花朵下瑶阶，引得一双蝴蝶过墙来[一]。　　寻香摘艳来还去，欲住何曾住。飞飞飞傍玉搔头，好把轻罗小扇向前兜。

【评析】

先自引蝶，然后扑蝶。可怜的蝶啊！

【校记】

[一]蝴　《写眉楼词》(P.5)作"胡"。来　底本作"去"，据《写眉楼词》改。

郑兰孙 [一]

南乡子　自题《玉窗春晓图》小影

　　罗袖晓寒添,才罢晨妆掩镜奁。脸晕消红眉减翠,恹恹, 修到梅花亦可怜。　　花艳尚如前, 咏月吟风句懒拈。斜倚玉窗人倦也, 仙仙, 疏影清香扑画帘。

【评析】

偏不愿修到梅花。

【校记】

[一] 郑兰孙　底本作"郑兰荪", 据《莲因室诗词集》(P.3) 署名改。

邓瑜

邓瑜，字慧钰，清金匮人。诸可宝的妻。有《蕉窗词》。

踏莎行　题沁玉妹《湖山春晓图》[一]

溅绿侵衣，澄波揩镜，有人悄把阑干凭。几分春色破烟来，一枝红韡双蝉鬓。　　翠窅烟深[二]，日高风定，惜花记否当年景。故乡诗梦几时圆，天涯尽是销魂径[三]。

【评析】

春晓既是销魂时候，湖上又是销魂境地。

【校记】

[一]山　底本作"上"，据《蕉窗词》（P.9）改。

[二]烟　《蕉窗词》作"香"。

[三]销　《蕉窗词》作"消"。

熊琏

蝶恋花　题《挑灯闲看牡丹亭图》

　　一幅秋光愁万顷。妙手空空，画出当时景。独坐摊书清夜永，泪珠低落云鬟冷。　　纸上芳魂怜玉茗。疑幻疑真，梦里凄凉境。是否亭亭呼欲醒，夕阳一片桃花影[一]。

【评析】

夕阳花影，是《牡丹亭》的背景。

【校记】

[一] 一片　《澹仙诗词集》（P.3603）作"曾见"。

浦映绿 [一]

浦映绿，字湘青，清无锡人。黄永的妻。有《绣香草》。

唐多令　题云孙聘姬珊珊照 [二]

金钿翠云翘，罗裳束绛绡。绾乌鸦、斜舞蛮腰。欲抚素琴新记拍，空怅望 [三]，旧题桥。　　双颊晕红潮，黛眉纤月描。掩凌波、湘水轻摇。更有一番风韵处，凝媚眼，也魂销。

【评析】

怎禁他临去秋波那一转！

【校记】

[一] 浦映绿　《全清词·顺康卷》（P.2881）作"浦映渌"。

[二] 《全清词·顺康卷》题作"云孙聘姬珊珊照属题"。

[三] 怅　底本作"帐"，据《全清词·顺康卷》改。

赵棻 [一]

赵棻，字仪姞，清上海人。汪延泽的继妻。有《滤月轩词》。

瑞云浓　题叶小鸾眉子砚拓本 [二]

红丝片玉，螺香犹沁腴紫。素袖频翻井华洗 [三]。樱桃雨润，记伴着、瑶宫仙史。梦影镇匆匆，化飞云逝水。　　十样新图，谁拓出、初三月子。细字银钩认题识。优昙花谢，想膜拜、猊床禅偈。墨晕流芬，小鸾似此。

【评析】

一结双关得妙。

【校记】

[一] 赵棻　底本作"赵芬"，据《滤月轩集·滤月轩诗余》署名改。下文径改。

[二]《滤月轩集·滤月轩诗余》（P.3457）题作"叶小鸾眉子砚侧刻八分书'疏香阁'三字，背刻小楷八十四字，云：'舅氏从海上获砚材三，琢成，分贻予兄弟。琼章《得眉子砚》云："天宝繁华事已陈，成都画手样能新。如今只学初三月，怕有诗人说小鸾。""素袖轻笼金鸭烟，明窗小几展吴笺。开奁一研樱桃雨，润到清琴第几弦。"己巳寒食。'题下有小印篆文'小鸾'二字。砚已归粤东某氏，余所见者，秀水计氏拓本也，为题此阕"。

[三] 翻　《滤月轩集·滤月轩诗余》作"番"。华　《滤月轩集·滤月轩诗余》作"花"。

张玉珍

张玉珍，字蓝生，清华亭人。金瑚的妻[一]。有《晚香居词》。

风入松　题金纤纤《虎山寻梦图》[二]

　　淡烟疏雨惜春阴，佳话记联吟。虎山桥畔来游路，一丝柳、一寸愁心。镜里良缘难再，画中幽梦还寻。　　百年遗恨到而今[三]，天意付知音。佩环归去瑶池远[四]，有空闺、也感人琴。何况多情潘令，泪痕应渍青襟。

【评析】

寻的什么梦？

【校记】

[一] 金瑚　底本作"金瑚"，据《清代松江府文学世家述考》(P.254) 改。

[二]《晚香居词》(P.13) 题作"吴门金纤纤擅吟咏，适陈竹士茂才，有《虎山唱和诗》。甫及年余，而纤纤物化。竹士欲作《虎山寻梦图》以寄意，忽得陆定子画幅，若预为留赠者。翰墨因缘，信非偶然也。王梦楼先生为之跋并索题"。

[三] 恨　《晚香居词》作"迹"。

[四] 去　《晚香居词》作"处"。

孙荪意

祝英台近　题《露寒小立图》[一]

　　花明帘，柳暗月，渐黄昏时节[二]。初换罗衣，悄傍玉阶立[三]。过了挑菜佳辰，秋千院落，还直恁、轻寒恻恻。　　漫凝忆，应惜似水华年，无语倚瑶瑟。香冷薰篝，绡帐正愁入。须知露湿苍苔，被他蟾影，偷照见、断红双靥。

【评析】

只月有如此眼福。

【校记】

[一]《衍波词》(P.7) 题首无"题"。

[二] 黄昏　《衍波词》作"昏黄"。

[三] 傍　底本作"旁"，据《衍波词》改。

汪菊孙

汪菊孙，字静芳，清钱塘人。远孙的姊，金文炳的妻。有《停琴伫月轩词》。

洞仙歌　题《南湖花隐楼图》[一]

　　嫩寒三九，看玉梅花吐[二]。记得徐娘旧庭宇。奈粉匳零落，香畹飘残[三]，风乍紧，卷了半湖春去。　　翠楼人已渺，紫玉烟沉，暮雨朝云更何许。蜗蚀壁间题，邻笛悠扬，空惆怅，花前俊侣[四]。剩几树衰杨乱啼鸦，忍卷里重寻，相思千缕。

【评析】

风卷得春去，是何等力量！

【校记】

[一] 花　《闺秀词钞》卷一四（P.12）作"华"。

[二] 吐　《闺秀词钞》作"唾"。

[三] 畹　《闺秀词钞》作"椀"。

[四] 俊　底本作"后"，据《闺秀词钞》改。

赵我佩

洞仙歌　题《花雪婵娟图》[一]

一枝凉笛，暮吹来芳径。鹤梦惺忪雪衣冷。正梨云乍暖，翠羽无声，清绝处，谁把冰魂唤醒。　　玉人娇睡起，半臂寒生，入指春风暗香凝。衾月曲如钩，移上瑶台，早绣出，满身花影。算仙境分明似罗浮，待小摘琼英，晚妆菱镜。

【评析】

花雪以外，再着个美人，便是"举杯邀月，对影成三"的意味。

【校记】

[一]《碧桃馆词》（P.28）"题"后多"魏佩芬世妹"。

贺双卿

贺双卿，字秋碧，清丹阳人。有《雪压轩词》。

玉京秋　自题小影[一]

眉半敛，春红已全褪，旧愁还欠[二]。画中瘦影，羞人难闪。新病三分未醒[三]，淡胭脂、空费轻染。凉生夜，月华如水[四]，素娥无玷。　　翠袖啼痕堪验，海棠边、曾粘万点[五]。怪近来，寻常梳裹，酸咸都厌。粉汗凝香，蘸碧水、罗帕时揩冰簟。有谁念，原是花神暂贬。

【评析】

"却嫌脂粉污颜色！"

【校记】

[一]《全清词·雍乾卷》（P.3623）"题"后多"种瓜"。
[二] 愁　底本作"醒"，据《全清词·雍乾卷》改。
[三] 醒　底本作"凉"，据《全清词·雍乾卷》改。
[四] 水　《全清词·雍乾卷》作"洗"。
[五] 粘　《全清词·雍乾卷》作"沾"。

席慧文

席慧文,字怡珊,清湨池人。石同福的继妻。有《瑶草珠花阁词》。

鹊踏花翻　题《帝女花传奇》[一]

露咽秦箫,云沉蜀镜,青门路断无人识。孰将旧事繁华,旧梦凄清,一齐付与寒螿泣。依稀豪竹间哀丝,当筵细谱龟兹律。　写出,多少王康调逸[二],泪痕和墨如铅泻。回想禁苑乌啼,鼎湖龙化,落叶添萧瑟。千秋遗恨怕重提,生怜明月圆还缺。

【评析】

寒螿是时序的李龟年。

【校记】

[一]《闺秀词钞》卷一〇（P.14）题作"题黄韵甫《帝女花》院本,传明季坤兴宫主事"。

[二]王康　底本作"康王",据《闺秀词钞》改。

徐自华

菩萨蛮 题《美人桐阶秋思图》

　　梧桐雨过浮新碧，无言悄倚玲珑石。破睡背西风，眉颦更鬒松。　　寒衣犹未捣，远望关山杳。秋意耐寻思[一]，吟成寄与谁。

【评析】

眉颦鬒松，情思无赖。

【校记】

[一]秋　《徐自华诗词集》（P.5620）作"愁"。

吕碧城

百字令 [一] 排云殿清慈禧后画像

排云深处，写婵娟一幅，翚衣耀羽。禁得兴亡千古恨，剑样英英眉妩。屏蔽边疆，京垓金币，纤手轻输去。游魂地下，羞逢汉雉唐鹉。　　为问此地湖山，珠庭启处，犹是尘寰否？玉树歌残萤火黯，天子无愁有女。避暑庄荒，采香径冷，芳艳空尘土。西风残照，游人还赋禾黍。

【评析】

骂得无词可辩。

【校记】

[一] 此词见《吕碧城集》(P.20)。

法曲献仙音　题《女郎看剑引杯图》[一]

　　绿蚁浮春，玉龙回雪，谁识隐娘微旨。夜雨谈兵，春风说剑[二]，冲天美人虹起[三]。甚无限忧时恨[四]，都消酒樽里。　　君知未[五]，是天生、粉荆脂聂。试凌波微步，寒生易水[六]。漫把木兰花，错认作、等闲红紫。辽海功名，恨不到、青闺儿女。剩一腔豪兴，写入丹青闲寄[七]。

【评析】

粉的荆轲，脂的聂政，倘有其人，愿为执鞭。

【校记】

[一] 女郎　《吕碧城集》（P.243）作"虚白女士"。

[二] 春　《吕碧城集》作"秋"。

[三] 冲天美人虹起　《吕碧城集》作"梦绕专诸旧里"。

[四] 甚　《吕碧城集》作"把"。

[五] 知未　《吕碧城集》作"认取"。

[六] 是天生……易水　《吕碧城集》作"试披图英姿凛凛，正铁花冷射脸霞新腻"。

[七] 写入　《吕碧城集》作"聊写"。

三姝媚　为尺五楼主题扬州某校书所画《芍药片石卷子》

　　花枝红半吐。似人儿亭亭[一]，呼之解语。怨人将离，倩蛮笺留取，春魂同住。匪石心坚，漫拟作、轻狂飞絮。芳讯谁传，雨雨风风，几番朝暮[二]。　　莫问珠鞲钿柱。怅解佩人归[三]，坠欢无据。梦影扬州，只二分蛾月[四]，曾窥眉妩。和泪眠春[五]，更吟老、韦郎词句。剩有葳蕤深锁[六]，小楼尺五。

【评析】

"匪石心坚"，是尊重心性语。

【校记】

[一] 人儿　《吕碧城集》(P.12) 作"伊人"。

[二] 番　底本作"翻"，据《吕碧城集》改。

[三] 解佩人归　《吕碧城集》作"金粉飘零"。

[四] 蛾　《吕碧城集》作"明"。

[五] 春　《吕碧城集》作"香"。

[六] 葳蕤　《吕碧城集》作"湘函"。

沈乐葆

沈乐葆，吴县人。

高阳台　题《寒闺饯别图》

瘦影摇风，残花堕梦，画帘低罥轻霜。话到临歧，离愁又绕鸾肠。香闺今作长亭道，小银钉[一]、变了斜阳。细端详、红豆双枚，亲置行囊。　　月斜人散三更后，把泪珠偷搵，重理啼妆。强敛愁眉，劝君且尽余觞。者番欲吐心头语[二]，奈骊歌、催促人忙。镇想望[三]、梅萼开时，寄我休忘。

【评析】

把红豆放在行囊里，是何等心思！

【校记】

[一]钉　底本作"红"，据《红梵精舍女弟子集》卷上（P.9）改。

[二]者　《红梵精舍女弟子集》作"再"。

[三]想　《红梵精舍女弟子集》作"相"。

陈翠娜

紫兰花慢　题《紫兰盦怀旧图》

放蝶花边，呵云镜里，画帘曾见春神。验锦帕题
诗，银屏折泪，旧梦无痕。休论揄兰锄蕙，算难忘、
第一美人恩。惆怅兰香去后，人天冷落秋魂。　　楼
前啼瘦杜宇，倩回廊六曲，挂住蛛尘[一]。便情天嫩碧，
也都愁老，何况灵均[二]。兰因倩谁证取[三]，剩月中、
花影梦中人。一夜玉箫吹裂[四]，鳌蟾犹学娇颦。

【评析】

美人恩不仅难忘，且是难受。

【校记】

[一] 住　底本作"在"，据《翠楼吟草》(P.71) 改。

[二] 均　底本作"筠"，据《翠楼吟草》改。

[三] 因　底本作"茵"，据《翠楼吟草》改。

[四] 箫　底本作"萧"，据《翠楼吟草》改。

菩萨蛮[一] 题仕女画

残灯泪眼愁生缬,冰弦弹落相思月。银甲苦相欺,秋声曳梦飞。　　商音凉似雨,恩怨凭谁诉。憔悴鬓边云,空留月一痕。

【评析】

梦能飞,奇语!

【校记】

[一] 此词见《翠楼吟草》(P.69)。

丁宁

丁宁，字玎玲，扬州人。有《昙影楼词》。

念奴娇[一]　题《虞美人便面》

　　拔山歌罢，剩悲风千载，尚流呜咽。多少英雄家国恨，都付霜花轻决。梦里关河，樽前儿女，弹指音尘绝。阳城朝市，汉家何处陵阙。　　几许古烬寒灰，荒烟苦蔓，犹照娟娟月。满地榛芜云縠冷，不见分钗遗玦。清泪随风，芳痕晕碧，懒向东皇说。断肠春暮，杜鹃夜夜啼血。

【评析】

蕴藉中慷慨。

【校记】

[一] 此词见《昙影楼词》(P.187)。

陈家庆

陈家庆，字秀元，宁乡人。有《碧湘阁词》。

水龙吟　题子庚师《噙椒室填词图》

月明笙鹤瑶天，素琴弹出幽兰谱。玉台魂断，银屏梦冷，哀蝉重赋。秋雨闻声，春波弄影，碧城何许。怎灞陵亭畔，西风残照，多半是，愁来处。　　莫说龙飞凤翥，好江山、可怜箫鼓[一]。凭栏试望，莼鲈故国[二]，杜鹃心苦。白社联吟，黄垆载酒，鬓丝无数。愿苍苍留得，巍然一老，作词坛主。

【评析】

不作寻常萧瑟语。

【校记】

[一] 鼓　底本作"歌"，据《碧湘阁词》（P.189）改。
[二] 鲈　底本作"鳢"，据《碧湘阁词》改。

八、闺怨

绣阁生活，何等寂寞！春秋的递换，冷暖的更易，都成了闺人惆怅的资料。我们翻开女子的诗集、词集，总可以看到几首抒写闺怨的作品，虽是无病呻吟的居多，但蕴藏着深刻哀怨的，也是有的。伊们不题上一个具体的题目，只题些"春闺""闺怨""闺情"一类笼统的字，正是伊们无聊情绪的表见。《词苑丛谈》载无名字女郎《玉蝴蝶》词："为甚夜来添病，强临宝镜，憔悴娇慵。一任钗横鬓乱，永日薰风。恼脂消、榴红径里，羞玉减、蝶粉丛中。思悠悠，垂帘独坐，倚遍熏笼。　　朦胧，玉人不见，罗裁囊寄，锦写笺封。约在春归，夏来依旧各西东。粉墙花、影来疑是，罗帐雨、梦断成空。最难忘，屏边瞥见，野外相逢。"当时马东篱、张小山见了极推重。这首词是在春意最蓬勃的当儿所作，那不可抑制的情想在种种推想中露出来，觉得以前不解放的金闺中，不知道闷死了多少青春热望的少女。

沈宜修

菩萨蛮　春闺

紫骝嘶遍垂杨晓，绿窗人正腰支小[一]。红袖拂琼箫，含情注小桃。　　春归人去远，春去人归晚。莫把杏花吹，夜深啼子规[二]。

【评析】

人只是和春打胡旋。

【校记】

[一]支　《午梦堂集·鹂吹》(P.193) 作"肢"。

[二]深　底本作"声"，据《午梦堂集·鹂吹》改。

叶小鸾

浣溪纱 [一]　春闺

曲榭莺啼翠影重，红妆春恼澹芳容，疏香满院闭帘栊。　　流水画桥愁落日，飞花飘絮怨东风，不禁憔悴一春中。

【评析】

流水未必愁，落花未必怨，只是作者自愁自怨。

【校记】

[一] 此词见《午梦堂集·返生香》（P.396）。

踏莎行 [一] 闺情

意怯花笺，心慵绣谱，送春总是无情绪。多情芳草带愁来，无情燕子衔春去。　　倚遍阑干，斜阳几许，望残山水濛濛处。青山隔断碧天低，依稀想得春归路。

【评析】

芳草何尝带愁来 [二]，燕子何尝衔春去，冤哉枉也！有口难辩。闷在深闺里的人，偶然瞧见了青山碧天，又惹起了愁思，真是自寻苦恼。

【校记】

[一] 此词见《午梦堂集·返生香》(P.413)。
[二] 愁　底本作"燕"，据文意改。

沈静专

凤凰台上忆吹箫　冬闺

天外霜飞，江干风紧，琼闺梦冷芙蓉。耐衾鸳红薄，双袖单笼。侍女漫施鸾镜，任教他[一]、翠鬓云松。幽窗畔，一枝清逼，玉映香丛。　　隆冬，谁家娇宠，倚春华芳暖，鲜语溶溶。叹文心一缕，有句拈慵。生分晓山眉醒，也应知、做弄微衷。绿莎际，帆衔淡日，犹度孤鸿。

【评析】

隆冬时节，有"倚春华芳暖，鲜语溶溶"的娇宠，怎不令人艳羡！

【校记】

[一] 他　《适适草》（P.83）作"它"。

庞蕙缥 [一]

如梦令　春闺

春到韶光堪恋，妒杀画梁双燕。妆罢卷珠帘，迟日和风吹面。人倦，人倦，无数落花庭院。

【评析】

春天是催眠曲的伴奏者。

【校记】

[一] 缥　底本作"娘"，据《全明词》（P.3028）改。

顾媚 [一]

顾媚，又名眉，字眉生，号横波，清上元人。合肥龚鼎孳的副室。有《柳花阁集》。

花深深 [二]　闺怨

　　花飘零，帘前暮雨风声声 [三]。风声声，不如侬恨，强要侬听。　　妆台独坐伤离情，愁容夜夜羞银灯 [四]。羞银灯，腰支瘦损 [五]，影亦伶仃。

【评析】

塞没着了两耳，便听不见了。

【校记】

[一]顾媚　底本作"顾湄"，据《全清词·顺康卷》（P.1601）改。下文径改。

[二]此词底本在"无题"篇沈士芳《相思引·绣阁无心理翠镜》后重选，无题，评云："是因风雨之夜而起的僝僽。"今删后者。

[三]暮　底本作"莫"，据《全清词·顺康卷》改。

[四]容　《全清词·顺康卷》作"客"。

[五]支　《全清词·顺康卷》作"肢"。

李道清

李道清，字味兰，清合肥人。侍郎李经方的长女，郎中常熟
杨鉴莹的妻。有《饮露词》。

浪淘沙　春闺

柳叶淡如烟，柳絮如棉。黄莺紫燕共缠绵。一片
飞花斜日里，红过秋千。　　无语下珠帘，怕听啼鹃。
闲愁怅触上眉尖[一]。一曲琵琶浑不是，廿五冰弦。

【评析】

飞花斜日，红得可怜。红过秋千，更可怜。

【校记】

[一]怅 《饮露词》(P.1) 作"枨"。

徐灿

菩萨蛮　春闺

困花压蕊丝丝雨，不堪只共愁人语。斗帐抱春寒，梦中何处山。　　卷帘风意恶[一]，泪与残红落。羡煞是杨花，输他先到家[二]。

【评析】

杨花也可羡，可知伊比杨花还可怜。

【校记】

[一]卷帘风意　底本作"卷风意帘"，据《拙政园集·拙政园诗余》（P.579）改。

[二]他　《拙政园集·拙政园诗余》作"它"。

左锡嘉

左锡嘉,字冰如,又字小云,清阳湖人。左昂的第三女,吉安知府华阳曾咏的妻。有《冷吟仙馆诗词》。

菩萨蛮 [一]　秋闺

月明如水虚廊静,玉绳低亚珠帘影。庭院嫩凉天,花枝瘦可怜。　　枕香红印粉,梦懒愁无准。银烛冷棋枰,秋窗夜夜情。

【评析】

枕上印着红粉,艳绝!

【校记】

[一] 此词见《冷吟仙馆诗稿·冷吟仙馆诗余》(P.4809)。

商景兰

醉花阴　闺怨

论愁肠如醉，写愁颜如睡。银钉冉冉影随身[一]，畏！畏！畏！半帘明月，一庭花气，时光容易。　　无数衾边泪，难向天涯会。夜寒故故启离情，碎！碎！碎[二]！梦中细语，谁为分诉，何如不寐[三]。

【评析】

到底是梦？到底是"不寐"？迷离惝恍，不可究诘。

【校记】

[一]钉　底本作"缸"，据《商景兰集·锦囊诗余》（P.18）改。

[二]碎！碎！碎　底本脱，据《商景兰集·锦囊诗余》补。

[三]何如　底本作"如何"，据《商景兰集·锦囊诗余》改。《商景兰集·锦囊诗余》词末案语云："调名当作《醉春风》。"

朱中楣

朱中楣，字远山，原名蘙则，清吉水人。明宗室朱议汶的女，尚书李元鼎的妻。有《石园五集》。

菩萨蛮　春闺[一]

惜春自是因春瘦，欲写新词应未就。人苦恋春情，春归不恋人。　　春道归非早，百二还嫌少。人不解春情，反云春撇人[二]。

【评析】

替春说话，伊是春之神罢。

【校记】

[一]《朱中楣集·随草诗余》（P.496）题作"闺春"。

[二]反　《朱中楣集·随草诗余》作"翻"。

钟筠

点绛唇　秋闺

　　万籁无声，小园恰似深山静[一]。惜花人病，懒向雕栏凭[二]。　　月上高枝，枕弄芭蕉影。帘栊扃，西风才定，挑落灯花冷[三]。

【评析】
惜花的人，自然容易生病。

【校记】
[一] 似　底本作"是"，据《全清词·顺康卷》（P.4969）改。
[二] 栏　《全清词·顺康卷》作"阑"。
[三]《全清词·顺康卷》词末案语云："以上四句，《古今词汇三编》作'枕弄梅花影。严镇永，东风才定，担落灯花冷'。"

吴贞闺

吴贞闺，字首良。清曹村诸生金旼的妻。工诗善画，尤精琴理，并且守节抚孤，名重一时。

临江仙　春闺

晓窗怯怯罗衣薄，痴打鹦哥豆落[一]。呼鬟欲剪雨中花[二]。为甚泪含来，花人情自各。　　睡起情丝关不住，织在眉峰一处[三]。非愁非病为谁来。痴倚玉楼前，忘却收针刺。

【评析】

花的含泪和人的含泪，有什么不同处？

【校记】

[一] 落　《全明词》（P.1394）作"绿（一作落）"。

[二] 鬟　《全明词》作"红"。

[三] 织　《全明词》作"绪（一作织）"。

吴森札[一]

凤凰台上忆吹箫　闺情代作

　　风淡烟浓，困人天气，被池香暖贪眠。恼晓莺啼破，春梦阑珊。强起悄登妆阁，无限恨、都上眉尖。漫赢得，镜中人对，着意相怜。　　恹恹，愁成病也，任云鬟蓬松，懒整花钿。把凤钗轻掷，日日虚占。无奈青鸾信杳，凭栏望、泪眼几穿。春郊外，马嘶芳草，常认归鞭。

【评析】

被池香暖，可惜只是独宿。独宿有何滋味，亏伊还得贪眠。说是代作，其实是"自道"。

【校记】

[一] 吴森札　底本作"吴森扎"，据《闺秀词钞》卷二（P.19）署名改。

许玉晨

许玉晨，字云清[一]，清华亭人。有《琴画楼稿》。

浣溪纱　夏闺[二]

翠竹阴深暑未消，玉荷池畔暗香飘。半规月影上梧梢。　　团扇倩人图蛱蝶[三]，画叉唤婢卷蟏蛸。小屏风底换轻绡。

【评析】

静！

【校记】

[一] 云清　底本作“灵清”，据《全清词·顺康卷》（P.9412）小传改。

[二]《全清词·顺康卷》无此题。

[三] 图　《全清词·顺康卷》作“涂”。

张阿钱

菩萨蛮　冬闺

酸风冷炕催人起[一]，六花乱撒香闺里。阵阵打房檐，愁心不敢嫌。　　临妆呵素手，梅蕊还依旧。插向鬓边斜，丰姿争似他。

【评析】

毕竟是侬似梅花? 梅花似侬?

【校记】

[一] 炕　底本作"坑"，据《全清词·顺康卷》（P.3749）改。

毛媞 [一]

采桑子 [二]　春闺

不知春色今如许，乱杀啼莺。酥雨酸晴 [三]，芳草茸茸隔夜生。　　琐窗深处无人见，别是幽清。此际心情，翻怪桃花照眼明 [四]。

【评析】

干桃花甚事！

【校记】

[一]毛媞　底本无小传，《全清词·顺康卷》小传云："字安芳，浙江仁和（今杭州）人。先舒女。生于明崇祯十五年（一六四二），年十六归同邑诸生徐邺。清康熙二十年（一六八一）病殁。与邺合刻《静好集》。"

[二]《全清词·顺康卷》（P.8110）调名作"丑奴儿令"，同调异名。

[三]酸　《全清词·顺康卷》作"浓"。

[四]桃　底本作"眼"，据《全清词·顺康卷》改。

陈滟

陈滟，字杏林，清长兴人。

一落索　秋闺

眉共远山争秀，可怜长皱。莫将清泪湿花枝，怕花也和人瘦。　　萧瑟西风望久[一]，郎书无有[二]。欲知日日倚栏愁，但问取楼前柳[三]。

【评析】

争奈柳非解语。

【校记】

[一] 萧瑟西风　《全清词·顺康卷》（P.8733）作"秋风萧瑟"。

[二] 书无有　《全清词·顺康卷》作"音稀有"。

[三] 楼　《全清词·顺康卷》作"亭"。

严曾杼 [一]

严曾杼，字綮 [二]，清钱塘人。沅的女，沈时晋的妻。有《素窗遗咏》。

醉花阴　秋闺

游子天涯音信久 [三]，盼到西风瘦。昨夜梦儿圆，只道郎归，翠幄香熏透 [四]。　　觉来依旧黄昏后，有迢迢更漏。报道梦来些 [五]，好梦难凭，索性天明候。

【评析】

比陌上花开语，更说得动人。

【校记】

[一] 此词《全清词·顺康卷》(P.7550) 据《闺秀词钞》属严曾杼，《全清词·顺康卷》(P.406) 据《啸雪庵诗余》属吴绡。待考。

[二] 綮　底本作"綮余"，据《全清词·顺康卷》小传改。

[三] 信　《全清词·顺康卷》作"讯"。

[四] 香熏　《全清词·顺康卷》作"薰香"。

[五] 梦　《全清词·顺康卷》作"睡"。

王朗

王朗，明金坛人。彦泓的女，秦德澄的妻[一]。有《古香亭词》。

浪淘沙　闺情[二]

疏雨滴青衾[三]，花压重檐。绣帏人倦思恹恹。昨夜春寒眠未足，莫卷湘帘。　　罗袖护掺掺，帕拂香奁[四]。兽炉香倩侍儿添。为甚双蛾常锁翠[五]，自也憎嫌。

【评析】

妙在自己也觉得愁思可厌。

【校记】

[一] 秦德澄　底本作"秦□□"，据《清代家集叙录》（P.1390）补。

[二]《全明词》（P.1390）无此题。

[三] 滴　《全明词》作"润"。衾　《全明词》作"帘"。

[四] 帕　《全明词》作"怕"。

[五] 锁翠　《全明词》作"翠锁"。

近贤

近贤女史，姓赵氏，吴县人。有玉环之誉。有《可乎可不可乎不可楼诗集》十二卷，又《词集》十二卷。

如梦令　闺情

怕到黄昏时候，又到黄昏时候。默默倚栏干[一]，咀嚼相思滋味[二]。知否，知否，减瘦腰支非旧[三]。

【评析】

好个减瘦后的腰支，有谁人能销受得？

【校记】

[一] 倚栏　底本作"依阑"，据《香艳笔记菁华》（P.4）改。

[二] 滋味　《香艳笔记菁华》作"味透"。

[三] 支　《香艳笔记菁华》作"肢"。

王荪

王荪，字若兰，清宛丘人。周亮工的妾。有《贝叶庵词》[一]。

南乡子　闺情

　　莺语正从容，杜宇无端叫落红。倚遍阑干闲一角[二]，重重，江外千峰与万峰。　　锦字泪痕封，待欲传他没便鸿。风自掀帘云且住，濛濛，细雨楼头润晚钟。

【评析】

在今日便不生问题。

【校记】

[一] 叶　底本作"华"，据《闺秀词钞》卷六（P.7）改。

[二] 阑　《闺秀词钞》作"栏"。

项兰贞

项兰贞，字孟畹，明秀水人。黄卯锡的妻。有《裁云》《月露》诸集。

梅花引　秋闺

晚云攒，晚风寒，叶落霜飞篱菊残。不堪看，不堪看，侬瘦如花[一]，倚栏谁个怜。　　哀蛩泣遍垂杨岸[二]，哀鸿叫遍疏桐院。思漫漫[三]，恨漫漫，明月又圆，那人何日还。

【评析】

如此愁闺，怎么不思念那人！

【校记】

[一] 如　《全明词》（P.1290）作"似"。

[二] 垂　《全明词》作"衰"。

[三] 思　《全明词》作"恨"。

纪映淮

纪映淮，字阿男，明上元人。

小重山　秋闺

　　萧瑟幽闺更漏长。庭前丛桂发、暗飘香。月明露白渐生凉。轻风起，时拂郁金裳。　　远雁一行行。相看还伫立、怯空房。幽怀几许总难量。兰钆炧^[一]，花影欲窥窗^[二]。

【评析】

灯炧，花影上窗，冷清清地，阴森森地。

【校记】

[一] 钆　《全明词》(P.1369) 作“缸”。
[二] 窗　《全明词》作“墙”。

无名女

踏莎行　闺情四首

玉臂宽环[一]，纱衫缓钮[二]，绣窗针线无心久。豹头枕冷麝兰轻，虾须帘静尘埃厚。　　紫燕风头，黄梅雨后，柳条乱拂长江口。但言幂历柳如烟，谁知摇曳愁如柳。

红叶空传，朱绳未绾，天涯可见人难见。绿窗病起落梅繁，玉箫声断行云短[三]。　　波眼将穿，柳腰似划，寂寥偏与东风管。水仙愁绝翠闱寒，春云空谷兰香远。

香罢宵熏，花孤昼赏，粉墙一丈绿千丈[四]。多情春梦苦抛人，寻郎夜夜离罗幌。　　好句刊心，佳期束想，甫愁春到还愁往[五]。销魂细柳一时垂，断肠芳草连天长。

佳约易乖，韶光难驻[六]，柳丝飞尽江头树。朝来为甚不钩帘，残花正满帘前路。　　春赏未阑[七]，春归何遽，问春归向何方去。有情燕子不同归，呢喃独伴春愁住。

【评析】

婉约缠绵，不是一味言愁者。

【校记】

［一］环　底本作"怀"，据《全宋词》（P.3877）改。

［二］钮　《全宋词》作"扣"。

［三］声　《全宋词》作"梦"。

［四］绿　《全明词》（P.3447）作"愁"。

［五］甫　《全明词》作"才"。往　底本作"住"，据《全明词》改。

［六］光　《全明词》（P.3443）作"华"。

［七］阑　《全明词》作"来"。

张友书

张友书，字静宜，清丹徒人。陈宗起的妻。有《倚云阁词》。

蝶恋花　春闺[一]

入耳饧箫无近远。才近清明，便觉春寒浅[二]。宝鸭烟深香未换，卖花声已街头遍。　　迟日照临窗六扇。病怯微风，不把湘帘卷。宝镜窥人留半面，棠梨簪入钗头颤[三]。

【评析】

句句是懒洋洋的。

【校记】

[一]《倚云阁词》（P.2）题末多"即事"。

[二]春　《倚云阁词》作"轻"。

[三]入　《倚云阁词》作"向"。

张令仪

张令仪，字柔嘉，清桐城人。英的女，姚士封的妻。有《蠹窗诗余》。

临江仙　春闺 [一]

一枕荼蘼香梦破，绿窗欲起寒微。晓风犹怯试单衣。留愁消日永 [二]，和病送春归。　　又是匆匆花事了，何时满领芳菲。天公用意似全非。偏从花减色，惯与草添肥。

【评析】

老天无言可答。

【校记】

[一]《全清词·顺康卷》（P.11436）题作"春晚"。

[二]留　底本作"笛"，据《全清词·顺康卷》改。

浦梦珠

浦梦珠，字合双。

临江仙　闺情[一]

　　记得春闺初学绣，花棚高似身长。金针拈得费思量。不分花四角，何处到中央。　　碧绿青红亲手理，残绒吐上红窗。娇痴浑未识鸳鸯。怪他诸女伴[二]，偏爱绣双双。

【评析】

这是识得鸳鸯的小女的口吻。

【校记】

[一]《词综续编》卷二二（P.9）词前小序云："嘉庆甲子上元，从芙蓉山馆得兰村先生《临江仙》词十二阕。久深泥絮之悲，复动风苹之感，强收鲛泪，研以麝脐，依数和成，用申惆怅。惟是天名有恨，娲补难全，水号相离，禹疏不到，频唤奈何。冀逢子野，竟能悔过，尚望连波，录奉璧双，夫人正之。薛涛笺小，难遍书薄命之词，秦女笙清，或善谱工愁之曲耶？"此为组词第一首。
[二]他　底本作"地"，据《词综续编》改。

熊琏

熊琏，字商珍，清如皋人。陈遵的妻[一]。有《澹仙词》。

好女儿　春闺

　　苔雨初干，窗日犹寒。正独自[二]、凄凉无一事[三]，但凝伫空帘，低徊深院，徙倚回栏。　　又是去年时候，魂欲黯、梦将残。怎有限韶光无限恨[四]，为杨柳情牵，桃花命薄，梅子心酸。

【评析】

又是一个无事忙。

【校记】

[一] 陈遵　底本作"陈□□"，据《澹仙诗词集》（P.3551）补。

[二] 正　《澹仙诗词集》（P.3594）无。

[三] 凄凉　《澹仙诗词集》作"凄凄"。

[四] 恨　《澹仙诗词集》作"怨"。

姚凤翔

姚凤翔，字秀羽，清桐城人。方云旅的妻。有《赓噫集》。

酷相思　闺情

　　清夜寒蛩吟草树。秋雨缠绵彻曙。恨惊回好梦无寻处。偏迷却、郎来路。不迷却、愁来路。　　欲寄相思千万缕。好倩宾鸿暂住[一]。把泪磨残墨题新句。书去也、神随去。神去也，愁随去[二]。

【评析】

相思苦也。

【校记】

[一] 暂　《全清词·顺康卷》(P.1930) 无。
[二] 随　《全清词·顺康卷》作"难"。

沈善宝

沈善宝，字湘佩，清钱塘人。武凌云的妻。有《鸿雪楼词》。

河满子　寒闺

绣幕低垂静夜[一]，兰膏拨尽深更[二]。灯影模糊梅影瘦，篆香暖拂银屏。已觉愁魂欲断，那堪雨又淋铃。　　几度思弹绿绮，谁家又理瑶筝。卸罢残妆纤手冷，霜风和月穿棂。无奈夜长人倦，熏笼倚到天明[三]。

【评析】

也为了没有他同恋寒衾。

【校记】

[一] 绣　《鸿雪楼词》(P.2) 作"帘"。

[二] 深更　底本作"更深"，据《鸿雪楼词》改。

[三] 熏　《鸿雪楼词》作"薰"。

马闲卿

马闲卿，字芷居，清上元人。陈鲁南的继妻。有《芷居集》。

柳腰轻　秋闺

　　从来那惯愁滋味。腰正瘦、心将碎[一]。乌云才绾，菱花慵对，掩着窗儿寻睡。敲朱户、檐马声凄，战金风、井梧叶坠。　　不分芙蓉沉醉[二]。笑海棠、露浓红退[三]。满怀情绪，倚栏无语，兀自偷垂香泪。总知是、秋梦无端，没来由[四]、把人憔悴。

【评析】

欲睡睡不着，睡了又嫌秋梦使人憔悴。

【校记】

[一] 心　《全明词》（P.834）作"肠"。

[二] 沉　《全明词》作"三"。

[三] 退　《全明词》作"褪"。

[四] 没　《全明词》作"任"。

申蕙

申蕙,字兰芳。明长洲人。嘉兴沈廷植的妻[一]。有《缝云集》。

早梅芳[二]　夜怨

　　窗半开，帘低卷，竹影风摇乱。银蟾微照，不点红灯掩深院。依稀前度约，游赏新来倦。听铜壶漏水，偏向恨时转。　　睡成痴，醒又懒，被冷谁欢恋。枕儿敧着，万绪千端怎消遣。丝丝愁络纬，字字惊哀雁。乍离魂，被他花雾绾。

【评析】

下半阕写得赤裸裸地，一点不矜持了。

【校记】

[一] 沈廷植　底本作"沈□□"，据《檇李诗系》卷三四（P.52）补。

[二] 此词见《全明词》（P.1499）。

顾慕飞

误佳期 [一]　秋闺

衰草寒烟淡薄,四壁啼蛩萧索。夜阑心事入秋浓,看遍灯花落。　　一曲月当楼,征雁书难托。日来消瘦比黄花,怎耐西风恶。

【评析】

也不过把"帘卷西风,人比黄花瘦"来运化,有了末句,便觉西风可恶!

【校记】

[一] 此词见《红梵精舍女弟子集》卷下 (P.12)。

陈翠娜

洞仙歌　病中作

　　空庭暗雨，似三更将过。小颗灯花抱烟堕[一]。裹重衾嫌热，推了还寒，猜不准，定要怎般方可。　　房栊闻碎响，落叶敲窗，几度猜疑有人么。索性不成眠，药气愔愔，犹剩有，熏笼余火。待起剔银灯写新词，又蓦地惊人，影儿一个。

【评析】

写病榻心情如画。上半阕结束处，似未经人说过。

【校记】

[一] 灯　《翠楼吟草》（P.79）作"釭"。

九、艳情

赵松雪想纳妾，做一首词探管夫人
的意思："我为学士，你做夫人。岂不
闻王学士有桃叶、桃根，苏学士有朝云、
暮云？我便多娶几个吴姬、越女无过分。
你年纪已过四旬，只管占住玉堂春。"
管夫人见了，便也做了一首词回答他：
"你侬我侬，忒煞情多。情多处，热如火。
把一块泥，捻一个你，塑一个我。将咱
两个，一齐打破，用水调和。再捻一个
你，再塑一个我。我泥中有你，你泥中
有我。与你生同一个衾，死同一个椁。"
松雪得了这首词，只得罢休。这个故事，
可算得词学史上最有趣味的记录了。在
愁苦以外，另辟新天地的，也只有那些
写艳情的词了。从艳情词里，保存着女
子的生活、交际、思想、学问种种的迹象。
这一类的词，差不多可以独立的。并且
和男子的词，最显著的分野，也在这里了。

沈宜修

浣溪纱　侍女随春破瓜时，善作娇憨之态，诸女咏之，余亦戏作

　　袖惹飞烟绿鬓轻，翠裙拖出水云屏^[一]，飘残柳絮未知情。　　千唤懒回伴看蝶，半含娇语恰如莺，嗔人无赖恼秦筝^[二]。

【评析】

活画出一个天真未凿的处女。

【校记】

[一] 水　《午梦堂集·鹂吹》（P.187）作"粉"。

[二] 无赖　底本作"无奈"，据《午梦堂集·鹂吹》改。

踏莎行^[一]　君庸屡约，归期无定，忽尔梦归，觉后不胜悲感，赋此寄情

　　粉箨初成，蔷薇欲褪，断肠池草年年恨。东风忽把梦吹来，醒时添得千重闷。　　驿路迢迢，离情寸寸，双鱼几度无真信。不如休想再相逢，此生拼却愁消尽。

【评析】
东风有吹梦的力量，从来没有人说过。

【校记】
[一] 此词见《午梦堂集·鹂吹》(P.215)。

踏莎行　和凝云："春思翻教阿母疑。"余以破瓜年亦何须疑，直当信耳。作问疑词，戏示琼章

　　芳草青归，梨花白润，春风又入昭阳鬓。绣窗日静绮罗闲[一]，金钿二八人如蕣。　　碧字题眉，红香写晕，青鸾玉线裙榴衬。若教阿母不须疑，妆台试向飞琼问。

【评析】

处女的情怀，只有阿母知道。

【校记】

[一] 闲　底本作"间"，据《午梦堂集·鹂吹》（P.216）改。

叶纨纨

浣溪纱　同两妹戏赠母婢随春[一]

　　翠黛新描桂叶轻[二]，柳枝婀娜倚莲屏[三]。风前闲立不胜情[四]。　　细语娇喃嗔乱蝶[五]，清眸泪粉怨残莺[六]。日长深院闹秦筝[七]。

【评析】

这两个小女主人说得比老女主人蕴藉。

【校记】

[一]《午梦堂集·愁言》（P.320）题作"前阕与妹同韵。妹以未尽，更作再赠"。

[二]新　《午梦堂集·愁言》作"轻"。轻　《午梦堂集·愁言》作"新"。

[三]柳枝婀娜倚莲屏　《午梦堂集·愁言》此句作"柳腰袅娜袜生尘"。

[四]闲　《午梦堂集·愁言》作"斜"。情　《午梦堂集·愁言》作"春"。

[五]喃嗔乱蝶　《午梦堂集·愁言》作"声羞觅婿"。

[六]泪粉怨残莺　《午梦堂集·愁言》作"粉面惯嗔人"。

[七]日长深院闹秦筝　《午梦堂集·愁言》此句作"无端长自恼芳心"。

叶小鸾

小重山　晓起

　　春梦朦胧睡起浓。绿鬟浮腻滑、落香红[一]。妆台人倦思难穷。斜簪玉，低照镜鸾中。　　徐步出房栊。闲将罗袖倚、立东风。日高烟静碧绡空。春如画，一片杏花丛。

【评析】

小鸾的词，只有这一首不哀怨。

【校记】

[一] 鬟　底本作"鬓"，据《午梦堂集·返生香》（P.413）改。

踏莎行^[一] 早春即事

檐畔梅残，堤边柳细，暖风先送游人意。流莺犹未弄歌声，海棠欲点胭脂醉。　　鸟踏风低，烟横云倚，湘帘常把春寒闭。无端昨夜梦春阑，丝丝小雨花为泪。

【评析】

上半阕还看得春光可爱，下半阕又觉得春事可憎了。

【校记】

[一] 此词见《午梦堂集·返生香》(P.413)。

沈宪英

满庭芳　中秋坐月和素嘉甥女^[一]

萤火流光^[二]，蛩吟向夕^[三]，冰轮碾破瑶天。香飘云外，桂子静娟娟。对月几人无恙，多半隔、远树苍烟。难逢是，一庭联袂，把盏看重圆。　　无限凄凉，况含毫欲写，累纸盈笺。任金风拂面，玉露侵肩。还惜良宵景促^[四]，无绳系、皓魄长悬。应飞去，广寒宫里，清影共愁眠。

【评析】
"把盏看重圆"，何等兴会。"清影共愁眠"，又涉怨望。

【校记】
[一]和　《全明词》(P.2393) 作"同"。
[二]光　《全明词》作"空"。
[三]向　底本作"问"，据《全明词》改。
[四]景　底本脱，据《全明词》补。

庞蕙缵

鹧鸪天　病中闻家慈同元姨为予诵经，志感

终岁恹恹怯往还，盈盈两袖泪痕潸。一心解织愁千缕，双鬓慵梳月半弯。　　鸳被冷，琐窗寒[一]，翻经画阁忏红颜。枕函稽首殷勤意，不尽笺题寄小鬟。

【评析】

据《词苑丛谈》说，元姨即随春，别字元元，为叶小鸾的侍婢。小鸾死，嫁庞氏[二]。

【校记】

[一] 窗寒　底本作"寒窗"，据《全明词》（P.3027）改。

[二]《全明词》小注引《词苑丛谈》云："随春一名红于，叶小鸾侍妾也。鸾殁后，归庞氏，别字元元。"

少年游^[一] 重午娶妇偶成

凤冠初卸，龙舟正渡，佳节恰新婚。羹遣姑尝，拜随堂上，红烛昨宵停。 葵榴艾虎，晓妆才竟，深浅画眉痕。愿来年此日，儿生镇恶，客满孟尝门。

【评析】

阿姑的心理，只是如此。

【校记】

[一] 此词见《全明词》（P.3028）。

沈少君

沈少君，清吴江人。中丞沈宏所的孙女，诸生永裡的姊[一]。未嫁而死。有《绣香阁集》，惜毁于劫火，不传于世。

谢池春[二]　晓起梨花将谢感赋

细雨轻寒，院落重门深闭。为花愁、平添几许。宝钗慵整，独把阑干倚。怪春工、忒匆匆矣。　明朝只恐，狼藉粉痕归砌。早难支、一襟憔悴。雪肌素面，相对空凝睇。快须唤、玉楼人起。

【评析】

有深刻的思想，有活泼的词句，不是一味言愁者。

【校记】

[一] 永裡　底本作"永埋"，据《明清吴江沈氏世家百位诗人考略》（P.158）改。

[二] 此词见《笠泽词征》卷二三（P.2642）。

沈树荣

满庭芳　中秋夜同诸妗坐月[一]

宿雨全收，晚凉乍爽，微云点缀长天[二]。广寒宫敞，素面露婵娟。影浸闲庭如水[三]，看浮动、竹雾梧烟[四]。相依处，团圞共话[五]，人月恰双圆。　　记阑干十二[六]，桂花丛下，分擘红笺[七]。许诗成险韵，学步随肩。一向秋光隔断，清辉好、两地空悬。今夜永，参横斗转，幽赏不成眠。

【评析】

人月双圆，生活可算得美满了。但分韵吟诗，也蘸着些儿酸气了。

【校记】

[一]《全明词》（P.2395）题作"中秋同妗母坐月和韵"。

[二]点缀　《全明词》作"黯淡"。

[三]浸　底本作"侵"，据《全明词》改。

[四]竹雾梧　《全明词》作"梧竹和"。

[五]话　《全明词》作"语"。

[六]阑　《全明词》作"栏"。

[七]擘　《全明词》作"劈"。

喻捄

踏莎行　偕嫂游湖浦

画阁妆余，东风正早，且闲刀尺听啼鸟[一]。湖乡十里趁花开，凌波莫惜鞋头小[二]。　　树里人家，堤边芳草，远山无数横天表。频年苦忆故园春，今年始觉江南好。

【评析】

"始觉江南好"，只是偏狭。要是故乡，江北也未尝不好罢。

【校记】

[一] 啼　《全明词》（P.3329）作"黄"。
[二] 凌波　《全明词》作"拼游"。

吴森札

绮罗香　赋得"愿在衣而为领"[一]

一幅鲛绡，几回忖量，拈却绣刀裁剪。稳贴双肩，记把芙蓉扣掩。缀珠翠、顾影沉吟，临镜面、瘦痕羞敛。漫寻春、蝶眷蜂怜，芳心犹恐旧香浅。　绣罢重封夆箧，怕新来宽褪，琼酥销减。倦压鸳衾，兰麝休教再染[二]。愁春去、怨雨啼云，惜花残、香柔红软。解罗衫、闲叠熏笼[三]，甚心情更展。

【评析】

这首词是把陶渊明《闲情赋》的起句作题。渊明的赋，已是中国难得的恋歌，再演绎，再抒写，所谓"长言之不足，咏歌之"。

【校记】

[一]《闺秀词钞》卷二（P.19）题首无"赋得"。

[二]兰　底本作"阑"，据《闺秀词钞》改。

[三]闲　底本作"间"，据《闺秀词钞》改。

王淑

蝶恋花 [一] 　观绳伎

　　红粉墙边停画艇。绿树阴阴，半露惊鸿影。裙飏留仙风不定，彩丝约住双钩稳。　　小立回身香汗映。薄薄斜阳，照上秋蝉鬓。舞瘦垂杨花酪酊，莺莺燕燕差堪并。

【评析】

游艺的描写，文不及诗，诗不及词，但描写游艺的词却狠少。

【校记】

[一] 此词见《竹韵楼诗词·竹韵楼琴趣》(P.105)。

沁园春　梦

侧侧轻寒，悄悄帘栊，炉香半温。正溟蒙月色，迎来倩影，迷离花气，扶住芳魂。行过屏山，兜回曲径，漫整鸾钗掠鬓根。弓鞋怯，奈喘丝无力，斜倚重门。　　低巡来去何因，任风卷杨花压枕痕。忆言愁鹦鹉，啄残红豆，栖香蝴蝶，约遍黄昏。玉漏声催[一]，兰釭花灺，一霎游仙寄此身。关情处，有旅愁乡思，绕向孤村。

【评析】

上半阕全是梦境。

【校记】

[一] 催　底本作"摧"，据《竹韵楼诗词·竹韵楼琴趣》(P.107—108) 改。

许珠

临江仙^[一] 愁

　　心小能容万斛，眉纤可叠千重。来时无据去无踪。催人青鬓改，伴我客囊空。　　飘荡夕阳影里，勾留羌笛声中。城坚难借酒兵攻。消磨闲岁月，装点病形容。

【评析】

把愁的力量，写得详尽之至，抵得一篇愁赋。

【校记】

[一] 此词见《萱宧吟稿》(P.93—94)。

袁希谢

阮郎归　八夕戏赠织女

今宵肠断各东西，不堪新别离。无聊且去理残机，相思意绪迷。　　河畔望，景依稀，余情绕石矶。早知会后更凄其，何如未会时[一]。

【评析】

到底还有这么一会。

【校记】

[一]《南社丛刻·寄尘词稿》（P.131）词末有注云："原评：会心人自有此妙句。"

临江仙　照影

悄地行来池畔立，风吹两袖飘飘。瞥然见影欲相招。翠蛾愁锁处，不语恨偏饶。　　看去可怜身怯怯，伶仃着水难描。依依相对黯魂销[一]。卿如怜我瘦，我泪向卿抛[二]。

【评析】

象忧亦忧！

【校记】

[一] 销　《南社丛刻·寄尘词稿》（P.132）作"消"。

[二]《南社丛刻·寄尘词稿》词末小注云："原评：痴绝妙绝。"

钟韫

钟韫，字眉令，清仁和人。查崧继的妻[一]。有《梅花园诗余》。

重叠金[二] 美人晓妆

雨声一夜黏花足，柔枝低压阑干曲。晓起薄罗裳，微微指甲凉。 镜中憔悴后，妆点偏宜瘦。瘦到不堪时，犹然去画眉。

【评析】

瘦了，连眉也不画了，何苦来。

【校记】

[一] 查崧继 底本作"查羲"，据《梅花园存稿》（P.193）改。

[二] 此词见《梅花园存稿》（P.205）。

赵我佩

菩萨蛮　春雨连绵，园花零落。风前独立，怅然久之。谱《饯花词》四章，并寄丽轩

　　东风吹醒韶华梦，脂痕补却苍苔孔[一]。帘外即长亭，落花无限情。　　花开人未去，花谢人何处。明岁此花开，知君来未来。

　　彩幡摇曳铃声碎，秋千墙外余香坠。不敢怨东风，含情诉落红。　　西园闲步屟[二]，春恨和谁说。啼鸟唤春归，雨余花泪垂。

　　杏梁燕子春愁重，喃喃絮破红窗梦。唤起惜花心，离情如水深。　　碧城云样远，别泪罗巾满。春去有时归，天涯人未回。

　　阑干拍遍伤春曲，袜痕浅印苔痕绿[三]。香冢替花埋[四]，携锄下玉阶。　　留春春不许，花又抛春去。把酒祝东皇，明年花事长。

【评析】

春、花、人成了等边三角形。

【校记】

[一] 孔　《碧桃馆词》（P.16）作"空"。

[二] 闲　底本作"间"，据《碧桃馆词》改。

[三] 痕　《碧桃馆词》作"罗"。

[四] 埋　底本作"霾"，据《碧桃馆词》改。

庄盘珠

踏莎行　病起

　　最怕残春，落红堆径，今年人比花先病。不教细雨几番催，留春一日花应肯。　　风定帘闲[一]，燕眠梁静，清明近也寒还剩。空檐病起已无花，夕阳只照游丝影。

【评析】

纵使花肯留春，争奈春不答应。纵使春也答应，病起也，那憔悴玫瑰的面庞儿，看花也是无你分。

【校记】

[一]定　底本作"静"，据《秋水轩集·秋水轩词补遗》（P.3720）改。

左锡嘉

菩萨蛮　不寐

珍珠罥索流苏帐，翠衾蕤枕愁相傍。展转不成眠[一]，飞花香满天。　　阑干红屈曲，露滴娟娟竹。萤火隔帘青，错疑灯一星。

凉飙瑟瑟芦飞雪，愁连一片关山月。相对不胜情，长空雁字横。　　井梧飘落叶，虫语鸣凄切。此调叶清商，做成今夜凉。

【评析】

字字都有鬼气。

【校记】

[一] 眠　《冷吟仙馆诗稿·冷吟仙馆诗余》(P.4811) 作"瞑"。

郑兰孙

浣溪沙 细雨霏微，疏灯明灭。旧游如昨，人感重生；幻梦疑烟，情悲隔世。明明玉镜，晚妆慵写双蛾；薄薄罗衾，瘦骨自怜新病。春蚕未死，空余旧日缠绵；秋燕慵飞，已识营巢辛苦。琉璃研匣[一]，一任尘生；绮丽花晨，何须帘卷。红蔫绿悴，好句迟拈；月暗云迷，画阑怕倚。雪鸿踪迹，浮生何啻萍蓬；草木形骸，幻质非同金石。尘缘虽悟，客思难消。旅馆清寥，聊成短阕。信笔直书，不觉愁痕之深也[二]

　　闷倚龙须八尺床，隔帘微雨送凄凉，银釭剔了又昏黄。　　梦欲寻时偏寐少，事难言处最情长，不堪回首耐思量。

【评析】
不梦不言，岂不干净？

【校记】
[一] 研 《莲因室诗词集》（P.1077）作"砚"。
[二]《莲因室诗词集》"不"前多"殊"。

商景兰

钗头凤　春游

东风厚，花如剖，满园芳气长堤柳。莺声弱，浮云薄。韶光易老，春容零落。莫！莫！莫！　梅影瘦[一]，情难究，菌兰未放香先透。真珠箔，秋千索。沉沉亭院，相思难托。错！错！错！

【评析】

"出游以写幽情"，这们的春游，不如不游。

【校记】

[一]影　《商景兰集·锦囊诗余》(P.18)作"空"。

刘琬怀

刘琬怀，字韫如，一字撰芳，清阳湖人[一]。刘汝器的女，嗣绾的妹，金坛虞朗峰的妻。有《问月楼集》《补栏词》[二]。

临江仙　余幼时，好吹箫，购得前朝人所遗一枝[三]，音韵和平，甚宝之，锡其名曰紫云。每当针黹之余，纳凉庭院，必按一二曲为事[四]。后于归金沙，所居楼高广，张南周北[五]之中也。窃思音律本非闺阁所宜，岂可邻舍传闻？即将紫云盛以锦囊，藏之箧衍。忽忽数十年来，竟成绝响。虽无人琴之感，能免中心怅怅耶！作此以表

　　袅袅余音竟绝，移商换徵心灰。思伊欲上凤凰台。柳残何处折，梅落不重开[六]。　　宛尔琵琶出塞，幽情逸韵难追。王褒赋就总堪哀。潜蛟难起舞，唳鹤独迟回。

【评析】

吹箫不算什么伤风败俗的事，怎说"本非闺阁所宜"？以前女子为礼教所束缚，奄奄绝无生气。

【校记】

[一] 阳湖　底本作"阳和"，据《补栏词》改。

[二] 问　底本作"向"，据《补栏词》改。

[三] 所遗　底本无，据《补栏词》（P.7）补。

[四] 按　《补栏词》作"案"。

[五] 北　底本、《补栏词》作"比"，《南史·刘绘传》（P.1009）载："永明末，都下人士盛为文章谈义……时张融以言辞辩捷，周颙弥为清绮，而绘音采赡丽，雅有风则。时人为之语曰：'三人共宅夹清漳，张南周北刘中央。'言其处二人间也。"据改。

[六] 开　《补栏词》作"闿"。

孙汝兰

孙汝兰,字湘笙,清鲁山人。华亭张鸿卓的妻。有《参香室诗词》。

百尺楼 [一]　采莲词,戏用独木桥体

郎去采莲花,侬去收莲子。莲子同心共一房,侬可如莲子。　　侬去采莲花,郎去收莲子。莲子同房各一心,郎莫如莲子。

【评析】

这是最好的一首恋歌,只有郎、侬和莲子,只有八句四十二字,却把女子的心理曲曲道出。一个"共"字,一个"各"字,把两种境界画得清清楚楚,可称绝唱。

【校记】

[一] 此词见《闺秀词钞》卷一二（P.14）。

钱斐仲

钱斐仲,字餐霞,清秀水人。戚士元的妻。有《雨花盦诗录》。

菩萨蛮　嬉春[一]

罗裙翠比新荷叶,春衫低约丁香结。双燕或先归,湘帘莫漫垂。　画绡携小扇,障日非遮面。怕到夕阳斜,暖烘双脸霞。

【评析】

是好动的女郎。

【校记】

[一]《雨花庵诗余》(P.5)题作"嬉春曲拟飞卿体"。

陆韵梅

陆韵梅，字琇卿，清吴县人。潘曾莹的妻。有《小鸥波馆诗钞》。

清平乐　雨后坐月，与星斋联句 [一]

　　湿云低扑_{星斋} [二]，凉意含疏竹。闲倚红阑干几曲_{琇卿} [三]，一点流萤闪绿_{星斋}。　　小窗月上迟_{星斋}，送来花影参差。爱把湘帘半下_{琇卿}，秋痕筛上罗衣_{星斋}。

【评析】

淡在红阑干畔，缀上一点闪绿，便不淡了。

【校记】

[一]《闺秀词钞》卷一六（P.6）题作"雨后坐月"。

[二] 星斋　底本无，据《闺秀词钞》补，下同。

[三] 琇卿　底本无，据《闺秀词钞》补，下同。

葛秀英

醉花阴　染指甲

　　曲栏凤子花开后，捣入金盆瘦。银甲暂教除，染上春纤，一夜深红透。　　绛点轻濡笼翠袖[一]，数点相思豆[二]。晓起试新妆，画到眉弯，红雨春山逗。

【评析】

现在用蔻丹了，摩登女郎那里会捣凤仙花瓣来染指甲呢？但我觉得，旧时捣凤仙花瓣染指甲，很有诗意。

【校记】

[一]绛点　《澹香楼词》（P.3）作"点绛"。
[二]点　《澹香楼词》作"乱"。

丁善仪

丁善仪，字芝仙，清无锡人。杨炳的妻。有《双清阁诗余》。

金错刀　七月小病，女伴招作乞巧会，未赴 [一]

　　云影淡，露华凉，虫声如雨漏初长。寻盟有约邀新月，乞巧无缘炷晚香。　　陈钿盒，奠琼浆，一灯摇梦费思量。遥知语笑情方惬 [二]，都向天孙问七襄。

【评析】

一灯摇梦，心细如发。

【校记】

[一]《闺秀词钞》卷一二（P.9）题作"辛卯七夕，又昭表妹招诸女伴作乞巧会。小病，未往，赋此奉柬"。

[二]语笑　底本作"笑语"，据《闺秀词钞》改。

曹鉴冰

曹鉴冰，字苇坚，号月娥，清金山人。张殷六的妻[一]。有《绣余试砚稿》《清闺吟》。

步蟾宫　却燕

任伊绕径翻双剪。纱榍子、齐关红扇。去年不听故人留，又何用、故人重见。　　旧巢泥污休依恋[二]。请栖托、邻家深院。算侬非是忒无情，怕牵惹、秋来肠断。

【评析】

道是无情却有情。

【校记】

[一] 张殷六　底本作"张殷香"，据《全清词·顺康卷》（P.1362）改。
[二] 污　《全清词·顺康卷》作"堕"。

赵承光

赵承光,字希孟,清钱塘人。朱禹三的妻。有《闲远楼稿》^[一]。

蝶恋花^[二]　佳人抚镜

巧样新妆无意绪。斜倚菱花，半面微偷露。南国香消倩是汝^[三]，那教一霎颦眉妩。　　鬘鬒金钿娇欲舞^[四]。宛似黄鹂，巧啄樱桃树。含笑问他伴不语，凝眸却顾心相许。

【评析】

面面相觑，心心相印。

【校记】

[一] 闲　底本作"闻"，据《全明词》小传改。

[二] 《全明词》（P.2865）调名作"凤栖梧"，同调异名。

[三] 倩　底本作"猜"，据《全明词》改。

[四] 鬒　《全明词》作"鬓"。

季兰韵

唐多令 苦雨[一]

细雨幂寒烟，怀人昼似年。倦抛书、且自闲眠。已是工愁愁未了，又遇此，作愁天。 剩冷恋吴绵，孤红瘦可怜。泪珠浓、弹碎云笺。玉笛一声春去也，春恨在，两眉边。

【评析】

眉边自有春恨，与雨无关。

【校记】

[一]《楚畹阁集·诗余》(P.1124) 题作"连朝苦雨，情绪无聊。砺之偶填此词，词旨凄婉。倚声和之，即次原韵"。

查清

查清，字太清，清青阳人。刘静寰的妻。有《绿窗小草》。

青玉案[一]　美人倦绣

何来枝上禽调舌，轻唤起、庄生蝶。日映螺奁钿懒贴[二]。梨容雨湿，柳腰烟袅，一样低徊怯[三]。　　临池拟学夫人帖，无力拈毫素笺折。斜倚香篝裙褪结。春山频锁，秋波慵展，半是愁时节。

【评析】

绣既倦矣，如何再能临池？自然更无心绪了，但何至"斜倚香篝裙褪结，春山频锁，秋波慵展"这种可怜病态呢？

【校记】

[一] 底本调名作"清玉案"，据《全清词·顺康卷》（P.6730）改。

[二] 钿　底本作"细"，据《全清词·顺康卷》改。

[三] 徊　《全清词·顺康卷》作"回"。

宗婉

离亭燕[一]　初夏病起

又是三春过了，纨扇罗衫试到。半晌倚栏神思倦，不耐侍儿言笑。树影绿成云，红漏几丝斜照。　　帘外湘波渺渺，帘底愁人悄悄。自是病多无好梦，梦也乱如芳草。小院静愔愔，忽被棋声惊觉。

【评析】

棋声会惊梦，真是病体。

【校记】

[一] 此词见《梦湘楼词稿》（P.730）。

张缈英

张缈英，字孟缇，清阳湖人。绮的长女，吴廷珍的妻。有《淡菊轩词》。

祝英台近　画芙蓉[一]

粉痕轻，脂晕冷，依约晓妆靓。一样含颦，谁与伴孤另。年时倒影窥妆，盈盈笑靥，正香暖、波明掩映。　　应自省，几度阅遍炎凉，鸳鸯梦还醒[二]。一尺冰绡，领取秋江影。任他无赖西风，无情秋雨，浑不是、凄清霜井。

【评析】

西风秋雨还不及霜井的凄清，又是翻新的说法。

【校记】

[一]《淡菊轩初稿·淡菊轩词》（P.710）题作"画夫容，同若绮妹作"。
[二]鸳鸯　《淡菊轩初稿·淡菊轩词》作"夗央"。

徐灿

洞仙歌　梦江南

　　霜寒夜悄，叹韶华一瞬。往日闲愁料难尽。而今无计，且凄雨怜云，江南信，知道梅花远近。　　残灯窥短梦，梦也无多，消得啼乌恁凌迸[一]。展转不成眠[二]，却怨东风，吹春到，与愁相竞。纵桃李贪娇也须知，近日者眉儿，不堪倒晕。

【评析】

春与愁竞，是谁占优胜？

【校记】

[一] 乌　《拙政园集·拙政园诗余》(P.586) 作"鸟"。

[二] 展　《拙政园集·拙政园诗余》作"辗"。眠　《拙政园集·拙政园诗余》作"瞑"。

袁绶

洞仙歌　冬夜围炉赏雪[一]

　　红栏六曲，向风前凭遍。晓雪霏霏扑人面。笑雏鬟睡起，倦眼惺忪，犹认是，一夜柳絮飞满[二]。　　水边梅破蕊，疏影横斜，不似年时等闲见。翠袖暗香凝，料峭寒生，拼醉倒，博山炉畔。更枝北枝南酹芳醪，祝萼绿仙人，月明相伴。

【评析】

雏鬟倦眼，错认为柳絮，替谢道蕴解说，入情入理。

【校记】

[一]《瑶华阁集·瑶华阁词钞》(P.4062)题作"冬日与柔吉妹围炉赏雪"。

[二]絮　《瑶华阁集·瑶华阁词钞》作"棉"。

吕碧城

满江红　庚申端午，偕缦华女士、迂琐词人泛舟吴会石湖，用梦窗《苏州过重午》词韵，时余将有美洲之行[一]

　　旧苑寻芳，尚断碣、蝌文未灭。石湖外、一帆风软，碧烟如抹。菰叶正鸣湘水怨，葭花犹梦西溪雪。<small>春间曾同游杭之西溪[二]</small>。又红罗、金缕黯前尘，儿时节。　　人天事，凭谁说。征衫试，荷衣脱。算相逢草草，只赢伤别。汉月有情来海峤，铜仙无泪辞瑶阙。待重拈、彩笔共题襟，何年月？

【评析】

儿时情景，值得回想，伹江南儿女，端午都穿黄衫，是象征老虎的。

【校记】

[一] 余　《吕碧城集》（P.47）作"予"。
[二] 杭　《吕碧城集》作"杭州"。

陌上花　感宋宫人饯汪水云事

黄绝绾就徘徊，犹见故宫风韵。玉筯金觞[一]，锦字共题幽恨。新词凄绝家山破，忍向离筵重听。算伤心千古，天教粉黛，写沧桑影。　　话南朝旧事，湖烟湖水，犹梦翠华遥引。秋黯招提，争似长门春冷。兴亡弹指华胥耳，端让灵犀先省。怅仙源路杳，佩环何处，断人天讯。

【评析】

把儿女事，写出兴亡影子，越见凄清。

【校记】

[一] 筯　底本作"筋"，据《吕碧城集》(P.26)改。

沁园春　丁巳七月游匡庐 Fairy Glen 旅馆[一]，译曰"仙谷"，高踞山坳，风景奇丽，名颇称也。纵览之余，慨然有出尘之想[二]，率成此阕

如此仙源，只在人间，幽居自深。听苍松万壑，无风成籁，岚烟四锁，不雨常阴。曲槛流虹，危楼耸玉，时见惊鸿倩影凭。良宵静，更微闻凤吹，飞度泠泠。　　浮生能几登临？且收拾烟萝入苦吟。任幽踪来往，谁宾谁主，闲云缥缈，无古无今。黄鹤难招，软红犹恋，回首人天总不禁。空惆怅，证前因何许，却叩山灵。

【评析】

"无风成籁""不雨常阴"，的是绝妙好境。

【校记】

[一] Fairy Glen　底本作"Sairy Glen"，据《吕碧城集》（P.22）改。

[二] 慨　底本作"概"，据《吕碧城集》改。

摸鱼儿　晓眠慵起，嘒嘒蝉声，催成断梦。翠水潆洄，红蕖万柄，宛然瀛台也。醒后感而成咏

漾空蒙、一夜凉翠，烟痕低锁凄黯[一]。吟魂已共花魂化，恰称瀛台清浅[二]。觑醉眼，认露粉新妆，隔浦曾相见。秾华苦短。只鸥梦初回，宫衣未卸，尘劫已千转。　　春明路，一任苍云舒卷。俊游回首都倦。鸾笺未许忘情处，写入冷红幽怨。芳讯断，怕瘦萼、吹香零落成秋苑。摩诃池畔。又几度西风，为谁开谢，心事水天远。

【评析】

充满着佛家思想。

【校记】

[一]凄　底本作"衣"，据《吕碧城集》（P.19）改。
[二]称瀛台　底本作"趁蓬瀛"，据《吕碧城集》改。

摸鱼儿　暮春重到瑞士，花事阑珊，余寒犹厉，旅居萧索，赋此遣怀

又匆匆、轻装倦旅，芳尘蜡屐重印[一]。软红尘外闲身在，来去湖光堪认[二]。孤馆静。任小影眠云，梦抱梨花冷。吹阴弄暝。叹婪尾春光，赏心人事，颠倒总难准。　　空惆怅，谁见蕊秾妆靓[三]？瑶台偷坠珠粉。闲愁暗逐仙源杳[四]，更比人间无尽。还自省。料万里乡园，一样芳菲褪。纥干冻忍。只蕙撷凄馨，芙搴晚艳，长寄楚累恨[五]。

【评析】

祖国不堪回首梦魂中。

【校记】

[一] 芳尘　《吕碧城集》(P.51) 作"湖堤"。

[二] 湖光　《吕碧城集》作"烟波"。

[三] 秾妆　底本作"浓装"，据《吕碧城集》改。

[四] 闲　底本作"间"，据《吕碧城集》改。

[五] 累　底本作"垒"，据《吕碧城集》改。

孙芙影

孙芙影，江宁人。

洞仙歌 [一]　葬花

春兮归去，有何人弹泪。满眼残红断肠地。只绿窗寻遍，如梦如烟，肯化作，倩女离魂来未。　　瑶阶休便扫，鸦嘴亲携，划个香坟待轻瘗。谁赋大招篇，一面珠幡，且吩咐，啼鹃留意。到明岁东风再开时，好认取前生，不教忘记。

【评析】

不作无病之呻吟。

【校记】

[一] 此词见《红梵精舍女弟子集》卷中（P.3）。

王洁明

王洁明，淞江人。

瑞鹧鸪[一]　送愁

西风飒飒动闲愁，有人此夜倚高楼。记得当时，春带愁来后，几度缠绵病未瘳。　　而今尝遍酸甜味，那堪又是深秋。何时双雁南归，打听愁来处、买轻舟，送往天涯去也休。

【评析】

恐怕飞船、气艇也送他不去。

【校记】

[一] 此词见《红梵精舍女弟子集》卷上（P.16）。

陈翠娜

浣溪纱　戏拟闺情三首[一]

小颗樱唇点墨华，银驱光动玉参差，新词爱谱浣溪纱。　襟上痕留绀碧唾，枕边香堕媚梨花，宵来幽梦记些些。

一笑梨涡晕绛霞，鸾衫绣满折枝花，绿烟新髻绾灵蛇。　薇帐垂云春撰梦，银瓶汲月夜烹茶[二]，东风长驻莫愁家。

珠箔飘灯听雨眠，堕鬟花朵半枝蔫，为谁憔悴胜前年。　镜里芙蓉娇欲语，梦中蝴蝶淡成烟，一春心事有无间。

【评析】

不全作萧瑟语。

【校记】

[一]《翠楼吟草》（P.69）题末无"三首"。

[二] 汲　底本作"没"，据《翠楼吟草》改。

十、无题

诗的"无题"，含义狠广，有的自写身世，有的怨诽时事，有的思慕邂逅的美人，有的杂写些感慨。词的"无题"，比较的狭一点，因为词牌名有意义的。所以，有许多无题的词，就把词牌名的意义来描写。但多数是写作者的情感和寄托作者的思想，并且都是随随便便，就所见所闻，发挥他的感想。既然没有题目的拘束，自然狠自由了。像宋孙道绚的《南乡子》："晓日压重檐，斗帐春寒起来忺。天气困人梳洗懒，眉尖，淡画春山不言添。 闲把绣丝挦，认得金针又倒拈。陌上游人归也未，厌厌，满院杨花不卷帘。"只是写伊春闺中情思恍惚的情景。吴淑姬的《惜分飞》："岸柳依依拖金缕，是我朝来别处。惟有多情絮，故来衣上留人住。 两眼啼红空弹与，未见桃花又去。一年征帆举，断肠遥指苕溪路[一]。"虽是无题，但所写的也是离情别绪，和词牌名的意义相合。或者伊也为了这个缘故，所以拣这一个词调的。

[一] 苕 底本作"苔"，据《全宋词》（P. 1041）改。

王潞卿

王潞卿，字绣君，清通州人。马振龙的妻。有《鸳鸯社》《锦香堂》诸集。

浣溪纱 [一]

风落残红兰槛多，墙阴袅娜紫骝过，牡丹和露湿轻罗。　　闲把鸳针穿蝶翅，戏抛绳拂引狸奴，昼长捱得绣功夫。

【评析】

是无中生有的生活。

【校记】

[一] 此词见《全清词·顺康卷》（P.2494）。

齐景云

齐景云，清北平人。

浣溪纱

晓起无人上玉钩，迟迟日午倦梳头^[一]，罗衣绣帕冷香篝。　满眼落红黏别泪^[二]，一天疏雨织春愁，倚栏无语暗凝眸。

【评析】

是写离愁。

【校记】

[一] 倦　《全明词》（P.3365）作"怯"。

[二] 黏　《全明词》作"粘"。

顾信芳

浣溪纱

凤髻梳成整翠钿，珊珊玉骨自生怜，未灰心事鹊炉烟。　粉蝶带香迷晓梦，冰蚕萦茧怯春寒[一]，惜花人老落花天。

嫩绿新红映碧池，纤纤弱柳斗腰肢，一枝和恨寄相思。　微雨燕归春寂寂，暖香花睡日迟迟，小楼人懒似游丝。

【评析】
是伤春。

【校记】
[一]萦　底本作"营"，据《全明词》（P.3049）改。

张学典

菩萨蛮 [一]

远烟笼翠舒新柳，春光暗向楼中逗。莫把绣帘开，东风引恨来。　　遥山云一带，人在云山外。芳草似离情，逢春处处生。

【评析】

是春景引起离愁。

【校记】

[一] 此词见《全清词·顺康卷》(P.9045)。

陈契

陈契,字无垢,明宜兴人。有《茹蕙集》。

菩萨蛮

兰膏收拾芙蓉匣,杏腮红雨春纤雪。羞绾合欢裳,偎郎抱玉躯[一]。　香微烟穗灭,漏促琼签彻。残梦正迷离,寒鸡背月啼。

【评析】

是赤裸裸的艳思。

【校记】

[一] 抱　《全明词》(P.2353)作"抢"。躯　底本作"躯",据《全明词》改。

黄氏 [一]

黄氏，明遂安人。杨慎的妻。有与慎合作的《夫妇散曲》。

巫山一段云

巫女朝朝艳，杨妃夜夜娇。行云无力困纤腰，媚眼晕红潮。　　阿母梳云髻，檀郎整翠翘。起来罗袜步兰苕，一见又魂销。

【评析】

是甜蜜的生活。

【校记】

[一] 黄氏　《全明词》（P.864）作"黄峨"。

沈允慎

沈允慎，字湘涛，清仁和人。张锡元的妻。有《静怡轩》《写香楼》《咏月轩诗词》。

卜算子

　　风月忒萧条，情绪还依旧。醉里清歌梦里吟，伤得心儿够。　　扶病送春归，病起悲秋又。花样精神雪样肤[一]，都为聪明瘦。

【评析】

是自怨自艾。

【校记】

[一] 精　《闺秀词钞》卷一六（P.4）作"丰"。

缪珠荪 [一]

缪珠荪，字霞珍，清江阴人。玉藻的女，邓乃溥的妻。有《霞珍集》。

卜算子

　　闲倚玉台吟[二]，拾得零星字。集锦碨云句未成，忽被风吹去。　　诗思渺秋烟，欲觅无寻处。抹遍银笺未惬心[三]，揉作团团絮。

【评析】

是女子写作时的特有情景。

【校记】

[一] 缪珠荪　底本作"缪珠孙"，据《霞珍词》署名改。下文径改。

[二] 倚　《霞珍词》(P.6) 作"傍"。

[三] 抹遍　底本作"过抹"，据《霞珍词》改。未　《霞珍词》作"不"。

查慧

查慧，字定生，又字菡卿，清钱塘人。吴承勋的继妻。

谒金门

　　莺去矣，抛下青梅又几。戏语小鬟来拾起，晶盘同燕喜。　　这在秋千架底，那在蔷薇丛里[一]。半晌功夫寻见未[二]，拈毫闲画你。

【评析】

是描画一个蜘蛛。

【校记】

[一] 蔷薇　《闺秀词钞》卷一二（P.17）作"牡丹"。

[二] 晌　底本作"响"，据《闺秀词钞》改。

关锁

谒金门

　　风弄叶，筛碎半帘秋色。明月乱移钗上蝶，画屏人影叠。　　满地落花如雪，凉皱几重裙褶[一]。如此长宵灯也灭，听伊心上说。

【评析】

是秋色的闺中。

【校记】

[一] 褶　底本作"折"，据《梦影楼词》（P.5）改。

葛嫩

葛嫩，字蕊芳，明时人。本来是金陵的妓，后来嫁孙克咸，
遇贼死节的。

清平乐

东风无力[一]，吹梦无踪迹[二]。昨日似今今似昔，
不与些儿将息。　　断肠人在天涯，春光不恋儿家。
到底吹完柳絮，偏生留着梨花。

【评析】

是咀咒春光。

【校记】

[一]无力　底本作"太芳"，据《全明词》（P.1929）改。

[二]踪　《全明词》作"从"。

沈士芳

沈士芳，清山阴人。来孙谋的妻。

相思引

绣阁无心理翠鎞[一]，臂环轻卸耳珰欹。鹧鸪香冷，
频揭玉狻猊。　　雁婿衔霜传锦字，猧儿带月护铜扉。
无多春色，又逐杏花飞。

蟾影筛花印翠趺，为寻粉蝶上兰陂[二]。板桥怯渡，
笑带柳枝扶。　　归路卸头灯背立，回波旖旎态摩挲。
春图半幅，香阁背人摹。

【评析】
上一阕是闺中的写实，下一阕是记春游。

【校记】
[一] 阁　《全明词》（P.3370）作"阁"。
[二] 陂　底本作"坡"，据《全明词》改。

王韵梅

王韵梅，字素卿[一]，清常熟人。有《问月楼集》。

眼儿媚

月斜楼角去迟迟[二]，香满锁南枝[三]。替花烦恼[四]，因春消瘦，也忒情痴。　　吟魂销尽无人觉，长自独愁思。此情惟有，绿杨眼见，红烛心知。

【评析】

是不相干的白费心思。

【校记】

[一] 素卿　底本作"素梅"，据《问月楼遗集》改。

[二] 去　《问月楼遗集》（P.1118）作"下"。

[三] 《问月楼遗集》此句作"钟动梦回时"。

[四] 烦恼　《问月楼遗集》作"惆怅"。

龙辅

龙辅，明湖广人。有《女红余志》。

人月圆

凭栏却讶春归早[一]，孤负养花天。青粘天外[二]，
绿啼雨后，红褪风前。　　墙围蕉叶，径抽粉箨，窗
簌榆钱。懒寻双陆，冷抛蹴鞠，闲挂秋千。

【评析】

是写春色，是写人情。

【校记】

[一]栏　《全明词》（P.872）作"阑"。
[二]粘　《全明词》作"黏"。

南歌子

　　绿沁琉璃带，红摇玳瑁钗。下阶无语立苍苔，昨夜银塘雨洗露桃开。　　回脸遮星靥，偎人泥粉腮。真珠帘卷有谁来，两两旧巢宫燕掠花回[一]。

【评析】

是写痴望的情怀。

【校记】

[一] 花　《全明词》（P.872）作"泥"。

张玉珍

柳梢青

愁化轻烟，了无消处，忽堕灯前。岂怨离多，应怜病久，瘦削吟肩。　　夜寒频数琼签，敲不尽、迢迢似年[一]。木叶飘兮，霜鸿过也，难寄红笺。

【评析】

是写一个愁字。

【校记】

[一] 迢迢　《晚香居词》（P.4）作"苕苕"。

苏穆

苏穆,一名姞,字佩襄,清山阳人。周济的妾。有《贮素楼词》[一]。

南歌子

　　细雨宵潜湿,青桐叶半凋。临池弱柳万千娇, 系惯离情系不住魂销[二]。　　唤起重帏醉,谁家弄玉箫。秋声怕问广陵潮, 吹入秋心吹不展芭蕉。

【评析】

是写秋柳和秋声。

【校记】

[一] 素　底本作"来",据《贮素楼词》改。

[二] 销　《贮素楼词》(P.6) 作"消"。

支机

支机，字灵石，清宝山人。蒋敦复的妻。

浪淘沙 [一]

鹊语最分明，唤梦谁醒。有流莺处有春情。花底
间关啼不住，可是双声。　　丝雨入帘轻，灯外愁生。
小鬟低怨说三更。红晕镜潮羞病颊，幽思盈盈。

【评析】

是写莺语，是因婢语而动春情。

【校记】

[一] 此词见《闺秀词钞》卷一四（P.24）。

秦桢

秦桢，字钰仙，清金匮人。侯家凤的妻。

浪淘沙 [一]

　　窗外雨潇潇，炉篆香销。闲拈湘管写芭蕉。蕉上
雨声心上恨，一样难描。　　无计破无聊，试剪红绡。
自怜去住等春潮。连日阴晴归未稳，又说明朝。

【评析】

是说久约归期，不能如期而归的原因。

【校记】

[一]《闺秀词钞》卷一五（P.13）调名作"卖花声"，同调异名。

吴藻

吴藻，字蘋香，清仁和人。黄□□的妻。有《花帘词》《香南雪北词》。

浪淘沙 [一]

莲漏正迢迢，凉馆灯挑。画屏秋冷一枝箫。真个曲终人不见，月转花梢。　　何处暮钟敲，黯黯魂销。断肠诗句可怜宵。莫向枕根寻旧梦，梦也无聊。

深院晚妆慵，鬓骉鬖松。忍寒和月下帘栊。掩却碧纱屏小小，不许灯红。　　好梦忒惺忪，去也匆匆。池塘春影又成空。一片吟魂无着处，随住东风。

【评析】

是一个无可奈何的初夜。

【校记】

[一] 此组词见《吴藻集·花帘词》(P.4113、P.4115)。后一首调名作"卖花声"，同调异名。

俞庆曾

浪淘沙

往事惯销魂，银甲金尊。蛛丝应罩旧题痕^[一]。孤馆帘垂灯上早，疏雨江村。　　梦里暂温存，只欠分明。花阴燕子锁重门。两地酒醒香灺后，一样黄昏。

【评析】

是有一个甜梦的。

【校记】

[一]题　底本作"碧"，据《绣墨轩诗词》（P.1502）改。

沈珂

沈珂，字云浦^[一]，清江阴人。黄曾慰的妻。有《醉月轩词》。

雨中花

　　风雨连宵窗外骤，也不管绿肥红瘦。飞絮帘栊，落花庭院，都是销魂候。　　细呪梅花香暗透^[二]，倩冰纨将春留逗。写出孤标，描成没骨^[三]，春色还依旧。

【评析】

是以词牌名的含义为题的。

【校记】

[一] 云浦　底本作"灵浦"，据《闺秀词钞》卷一五（P.7）、《清代毗陵名人小传稿》卷一一一（P.16）改。

[二] 香暗透　《闺秀词钞》作"心暗构"。

[三] 描　《闺秀词钞》作"摹"。

邓太妙

邓太妙，字玉华，清西安人。文翔青的继妻。有《嘉莲阁集》。

鹊桥仙

　　无聊无赖，多情多态，倚遍阑杆无奈[一]。不胜力怯薄罗裳，还疑是、风飘绣带。　　蝶欺花落，莺偿柳债[二]，多少伤心事在。葡萄锦覆合欢床[三]，私倩婢、轻轻遮盖。

【评析】

是百无聊赖的黄昏。

【校记】

[一] 阑　《全明词》（P.2354）作"栏"。

[一] 莺偿柳债　《全明词》作"柳偿莺债"。

[二] 葡萄　《全明词》作"萄桃"。欢　底本作"观"，据《全明词》改。

袁绥

虞美人

　　宵长漏尽兰钉灺[一]，残雪明鸳瓦。月波凉浸小庭心，睡鸭香销慵展九华衾。　　邮签细数程过半[二]，肠逐车轮转。一番离别一番愁，待不思量偏又上眉头[三]。

【评析】

是一个离愁满腹的冬夜，怎禁得"残雪明鸳瓦，月波凉浸小庭心"的感触呢？无怪她要一人垂泪到天明！

【校记】

[一]钉　《瑶华阁集·瑶华阁词钞》（P.4068）作"灯"。

[二]程　底本作"愁"，据《瑶华阁集·瑶华阁词钞》改。

[三]待不　《瑶华阁集·瑶华阁词钞》作"不待"。眉　《瑶华阁集·瑶华阁词钞》作"心"。

胡莲

胡莲，字茂生。清天台人。有《涉江词》。

蝶恋花

忆昔相逢银烛底。密语难传 [一]，弹入瑶琴里。隔座相邀欢未几，登楼相望情何已。　　肠断当时书一纸。两字鸳鸯，抹却除非死。瘦减罗衣都为此，秋风吹落梧桐子。

【评析】

是思慕一个恋人的话。

【校记】

[一] 密　《全明词》（P.1573）作"细"。

汪淑娟

蝶恋花

　　蝴蝶天天花底住。花谢今番，蝶也应该去。抵死春风强作主，又吹伊入帘深处。　　一日斜阳三日雨。闹到今番[一]，天也无凭据。何怪楼头杨柳树，有丝没处寻头绪。

【评析】

也是以词牌名的含义为题的。

【校记】

[一] 今番　《昙花词》（P.4）作"如今"。

李道清

临江仙

　　锦帐香微云鬟揾，香肌沁暖瑶簪[一]。残宵有梦待重寻。人归还有恨，春去未关心。　　休说从前多少事，从前怎及如今。小桥流水暗沉沉。月明人弄笛，青琐杏花深。

【评析】

是极蕴藉的情思。

【校记】

[一]香　《饮露词》(P.3)作"春"。

赵我佩

苏幕遮[一]

　　病生愁，愁种病。病起愁添，强对芙蓉镜。委地香云慵不整。如剪东风，看卷珠帘影[二]。　　钿蝉寒，钗燕冷。憔悴腰支[三]，羞与垂杨并。一缕柔情千万恨[四]。绿腻琼梳，指上余香凝。

　　篆烟销，灯焰灭。帘卷西风，吹作漫天雪。梦里云山千万叠。便不相思，也化双蝴蝶[五]。　　漏声残，谯鼓歇。一霎相逢，一霎轻离别。悟到空空如水月。纸帐梅花，依旧音尘绝。

　　曲廊斜，深院静。楼外秋千，送过垂杨影。燕子不来春又尽。几折阑干，独自和愁凭。　　鬌云低，眉月冷。人瘦如花，花也如人病。小梦惺忪眠未稳[六]。烛烬香销，依旧今宵醒。

【评析】

第一阕是晓妆，第二阕是绮梦，第三阕是不寐。

【校记】

[一] 第一首词《碧桃馆词》（P.19）调名作"鬓云松令"，同调异名；有题云"新病初痊，鬓发半脱。晨妆梳掠，忽忽自怜"。

[二] 珠　《碧桃馆词》作"晶"。

[三] 支　底本作"股"，据《碧桃馆词》改。

[四] 情　《碧桃馆词》作"丝"。

[五] 蝴　《碧桃馆词》作"飞"。

[六] 眠　《碧桃馆词》作"瞑"。

王微

醉春风 [一]

心似当时醉，眼到何时睡，灯花落尽影凝冰。悔！悔！悔！别了寻思 [二]，是谁催促，别时偏易。　　无限天涯泪，有日天涯会 [三]，戏拈诗卷检离情 [四]。字！字！字 [五]！一半模糊，不如梦里，问他真伪。

谁劝郎先醉 [六]，窗冷灯儿背，抱琴倩婢倚香帏 [七]。睡！睡！睡！忘却温柔，一心只恋，醉乡滋味。　　惭愧鞋儿谜，担搁鸳鸯被 [八]，问郎曾否脱罗衣。未！未！未！想是高唐，巫云惜别 [九]，不容分袂。

【评析】

上阕是读情诗，下阕是怨恨耽饮的夫。

【校记】

[一]《全明词》（P.1777）前一首词有题云"怨思"，后一首词有题云
"代怨嘲"。

[二] 别了 《全明词》作"展转"。

[三] 有日 《全明词》作"难定"。

[四] 戏拈诗卷检 《全明词》作"接君尺素表"。

[五] 字！字！字 《全明词》作"啐啐啐"。

[六] 劝 《全明词》作"勤"。

[七] 抱琴倩婢 《全明词》作"抛琴抱婢"。

[八] 担搁 《全明词》作"耽阁"。

[九] 巫云 《全明词》作"美人"。

吴藻

喝火令[一]

竹簟凉如洗，蕉屏梦未招。欲眠又起整冰绡。且向碧窗纱下，悄地检香烧。　　愁怕和天说，诗多带病敲。今宵依旧似前宵。一样灯红，一样漏迢迢。一样酒醒时节，斜月上花梢。

【评析】

是回想前宵的欢会。

【校记】

[一] 底本调名作"喝火今"，据《吴藻集·花帘词》（P.4116）改。

贺双卿

凤凰台上忆吹箫

寸寸微云，丝丝残照，有无明灭难消。正断魂魂断，闪闪摇摇。望望山山水水，人去去、隐隐迢迢。从今后，酸酸楚楚，只似今宵。　　青遥，问天不语[一]，看小小双卿，袅袅无聊。更见谁谁见，谁痛花娇。谁望欢欢喜喜，偷素粉、写写描描。谁还管，生生世世，暮暮朝朝[二]。

【评析】

是诉说离情，偏有许多叠字，供伊运用。

【校记】

[一] 语　《全清词·雍乾卷》(P.3625) 作"应"。
[二] 暮暮　《全清词·雍乾卷》作"夜夜"。

童观观

童观观，清汉阳人。

夜合花

　　花锁风低，柳梳月晓，银钩稳控晶帘。眉峰未画，侍儿初整香奁。妆掠罢，性多嫌。对菱花、几度偷觑[一]。罗衣欲换，熏笼频启，兰麝仍添。　　杏梁双燕语呢喃[二]。生妒双飞双舞，共把泥衔[三]。擎妆独坐，小窗针线慵拈。愁漠漠，闷恹恹。取金刀、细劈黄柑。心酸似妾，不胜齿软，更点吴盐。

【评析】

是晓妆后吃柑子引起愁绪。

【校记】

[一]觑　《全明词》（P.3365）作"瞻"。

[二]语　《全明词》无。

[三]共　《全明词》无。

王韵梅

一萼红

意阑珊。又黄花满地,零落不堪看。驹隙光阴,蟫仙事业,可怜人与秋残。对明月、前身休问,怕三生、沦谪到尘寰。一寸愁肠[一],十年心事,几曲阑干。　　瘦觉西风都冷,正重阳过也,小阁轻寒。帘织新愁,屏围旧恨,一齐都缀眉端[二]。三十六、鸳鸯飞去,任台空、玉镜冷孤鸾。谁念伤心匪偶,鸦凤相参[三]。

【评析】

是一个不得佳偶者。

【校记】

[一]愁　《闺秀词钞》卷一四(P.4)作“柔”。

[二]都　《闺秀词钞》作“多”。

[三]鸦　《闺秀词钞》作“鸠”。

王兰佩

王兰佩^[一]，清钱塘人。有《静好楼诗词》。

苏幕遮

靥边红，眉上翠。鸾镜无情，早报人憔悴。病起
但知因病累。未病前时，先已心如醉。　　倚风兰，
零露蕙。秀弱香清，只恐根茎脆。好向空王求忏悔。
花莫芬芳，人也休聪慧。

【评析】

是聪明人，聪明语！正因了先自心醉，然后成病。

【校记】

[一] 王兰佩　底本作"王兰钱"，据《闺秀词钞》卷九（P.25）改。

许庭珠 [一]

采桑子

红樱斗帐愁难寝，明日花朝。准备无憀 [二]，春过江南第几桥。　　碧天如水横珠斗，豆蔻香烧。韵字纱挑，月写花枝上绮寮。

【评析】

是为了花朝，作此准备。

【校记】

[一] 此词《闺秀词钞》卷一〇 (P.12—13) 属许庭珠,《生香馆词》(P.11)
属李佩金。待考。

[二] 准备无憀　《生香馆词》作"整备无聊"。

熊象慧

熊象慧，字芝霞，清潜山人。象阶的妹，吴栻的妻[一]。有《紫霞阁集》[二]。

卜算子 [三]

杨柳弄轻柔，花落人消瘦。杜宇声声听已愁，况是黄昏候。　　新月自娟娟，不似眉痕皱。晓起临妆学画伊，得展愁容否。

【评析】

是写着镜子。

【校记】

[一] 吴栻　底本作"吴拭"，据《闺秀词钞》卷一二（P.4）改。

[二] 紫　底本作"柴"，据《闺秀词钞》改。

[三] 底本调名作"卜箕子"，据《闺秀词钞》改。

刘絮窗

刘絮窗，佚其名，清武进人。管蘅若的妻^[一]。

行香子^[二]

柳色才匀，草色方新。怪东风、酿就离情。弦鸣玉轸，酒泛金樽。奈不销愁，不销恨，只销魂。 极目行云，是处伤神。看斜阳、又近黄昏。桃花片片，杜宇声声。正欲归春，欲归鸟，未归人。

【评析】

是天地间最可恼的事。

【校记】

[一] 管蘅若　底本作"管□□"，据《清代毗陵名人小传稿》卷一一（P.12）补。

[二] 此词见《闺秀词钞》卷一五（P.12）。

李道清

浣溪纱

　　小阁红箫韵未休，碧烟狼藉百花洲，春阴暗暗梦悠悠。　　胡蝶路迷芳草远[一]，黄鹂声住水东流，古来谁得倩春留。

　　春水悠悠澹远空，无言闲立画桥东，夕阳影里落花中。　　有恨门开千岭绿，无情帘卷一庭红，黄昏惆怅雨和风[二]。

【评析】

是极好的环境，可惜没有极好的心情。

【校记】

[一] 胡　《饮露词》（P.1）作"蝴"。

[二] 惆　《饮露词》（P.2）作"恼"。

杨全荫

杨全荫，字芬若，松江人。道清的长女，毕振达的妻。有《绾春词》《绾春楼诗》《词话》。

醉桃源

晚妆楼上夕阳斜^[一]，无聊掩碧纱。东风不管病愁加，开残红杏花。　　香篆冷，绣帘遮，春深别恨赊。可堪梦里说还家，魂销天一涯。

【评析】

是听梦里说还家，比不说更不好。

【校记】

[一] 晚　《词综补遗》卷五〇（P.1867）作"晓"。

吕碧城

点绛唇 [一]

野色横空，悠然一叶扁舟小。诗情多少，暗逐流波杳。　　鸥鹭相看，烟月愁清晓。秋光好，鲤鱼风早，十里芙蓉老。

【评析】

是能欣赏自然之美者！

【校记】

[一] 此词见《吕碧城集》（P.3）。

清平乐 [一]

　　冷红吟遍，梦绕芙蓉苑。银汉恹恹清更浅，风动云华微卷。　　水边处处珠帘，月明时按歌弦。不是一声孤雁，秋声那到人间。

【评析】

是新月令。

【校记】

[一] 此词见《吕碧城集》(P.3)。

浣溪纱

色相凭谁悟大千，瑶峰无尽浸壶天，此中真个断尘缘。　　淡掠烟波描梦影，净调冰雪炼仙颜，一生常枕水精眠。建尼瓦湖雪山四照，末句用韦斋赠诗^[一]。

【评析】

是一个女冠子。

【校记】

[一] 建尼瓦湖……赠诗　《吕碧城集》（P.82）作"成句"。

顾渭清

蝶恋花 [一]

　　一片飞花堆满径。帘内红灯，帘外春愁影。有个绿鬓人乍醒,沉沉兰夜销宫饼。　　话到春归还不省。燕子梨花，一样呆情性。明日栏干休独凭，天涯只怕伤流景。

【评析】

是谁有呆情性!

【校记】

[一] 此词见《红梵精舍女弟子集》卷下 (P.4)。

蔡绍敏

相见欢[一]

枝头犹滞残红，忒匆匆。记得单衣人伫小帘栊。 消受了，梨花雨，杏花风。何事春来寒沍似严冬。

【评析】

是不怕春寒，所以单衣伫立。

【校记】

[一] 此词见《红梵精舍女弟子集》卷中 (P.15)。

裘德舆

裘德舆，新建人。

眼儿媚[一]

小楼初暝朔风寒，香馣玉炉残。惺忪何意，愁嫌衾重，病怯衣单。　　分明又是年将暮，归路计漫漫。宵来清梦，每随明月，飞度乡关。

【评析】

是人之常情，但愁了如何嫌着衾重？索解不得。

【校记】

[一] 此词见《红梵精舍女弟子集》卷中（P.15）。

许模农

许模农，上海人。

菩萨蛮[一]

　　胡沙吹老啼妆面，玉珰空寄南飞雁。帘外夜冥冥，芭蕉愁不醒。　　河山三万里，别有怀人意。玉漏一声惊，绕床残月明。

【评析】

是隔着三万里的相思。

【校记】

[一] 此词见《红梵精舍女弟子集》卷中（P.14）。

朱佩钦

朱佩钦，上海人。

丑奴儿 [一]

秋来渐觉风光好，肥菊垂篱。凉月依依，不放闲愁近酒卮。　　倚阑却望天涯路，几个人痴。几个人悲，试问嫦娥知未知。

【评析】

是一个人痴，一个人悲。

【校记】

[一] 此词见《红梵精舍女弟子集》卷中 (P.7)。

孙芙影

菩萨蛮

　　天生病骨经秋热，梦中常是伤离别。窥镜起徘徊，玉颜衰未衰。　　开帘寒恻恻[一]，丝雨和愁织。愁极是芭蕉，替人魂暗销。

【评析】

是病美人。

【校记】

[一] 恻恻　《红梵精舍女弟子集》卷中（P.2）作"侧侧"。

李信慧

李信慧，休宁人。

如梦令 [一]

一个黄昏庭宇，人在杨花浓处。懒去教鹦哥，忘了断肠词句。词句，词句，全是伤春凭据。

【评析】

是忘了的好，只怕忘不了。

【校记】

[一] 此词见《红梵精舍女弟子集》卷上（P.13）。

沈乐葆

浣溪纱

谁惜杨花控玉钩[一]，绣帘莺语啭如流，薄妆镇日懒辞楼。　　一片残阳红寂寂，春来梦淡转疑秋，倚阑无处说离愁。

蝶粉初黄柳渐浓，轻寒帘幕掩重重，断肠天气小楼东。　鹦鹉语言原未省，梨花颜色不经红，诗魂销尽雨声中。

【评析】

是奇语！是奇想！

【校记】

[一] 钩　《红梵精舍女弟子集》卷上（P.8）作"钩"。

邵英戡

摊破浣溪纱

　　静夜高楼独倚栏[一]，他乡怕见月团栾。欲诉离怀无处诉，泪偷弹。　　旅况而今消受惯，露寒谁念客衣单。偏是教眠眠不得，到更残。

【评析】

是受不惯的旅况。

【校记】

[一]楼　底本作"独"，据《红梵精舍女弟子集》卷上（P.3）改。

陈翠娜

寒夜曲

屏山断梦惝然碧,湿烟飘堕兰缸歇。帘外更无人,但半庭残雪。　　凝寒漠漠珠帏隙,落花飞上衣裳灭。永夜抱冰清,向云中闲立[一]。

【评析】

是不怕冷者。

【校记】

[一]闲　底本作"间",据《翠楼吟草》(P.76)改。

虞美人

绿波吹皱春人影^[一]，薄醉些儿醒。万株修竹夹梧桐，六扇晶窗反映月如弓。 晚妆羞注沉檀颗，一任鬖云堕。凭栏无语镇痴痴，说与鹦哥料也不能知。

【评析】

是秋晚，却无多秋意。

【校记】

[一]皱 《翠楼吟草》（P.68）作"动"。

蝶恋花[一]

　　镜槛临湖花似绣。如茧波光，扑得湘帘皱。曲曲回廊穿细柳，麝兰香息纱边透。　　落尽残红春树瘦。帘外鹦哥，偷把东风咒。小婢搴帏开笑口，银瓶捧进樱桃酒。

【评析】

是雍容华贵的少女。

【校记】

[一] 此词见《翠楼吟草》（P.66—67）。

洞仙歌 [一]

春山镜里，共双蛾颦皱。绿遍楼前万丝柳。镇房栊闷雨，窗幕扃寒，平白地，过了踏青时候。　　晚灯初上了，帘隙窥人，新月纤纤为谁瘦。一夜故园心，小梦依稀，还只在，曲屏风后。记络索秋千海棠阴，问采伴鹦哥，盼侬来否。

【评析】

风风雨雨，误了踏青时节。但晚来妆阁，有鹦哥相伴，也不寂寞了。

【校记】

[一] 此词见《翠楼吟草》（P.66）。

丁宁

凄凉犯

佩环寂寞，蘅芜杳、璇台梦醒凄切。素因未断，香魂欲化，趁春齐发。轻霞半折，似新剪缃罗叶叶。恍当年、离宫宴罢[一]，舞袖衫云叠。　　愁绝烟尘夜，铁骑惊嘶，怒虹寒掣。燕支浣地，漾灵蕤、蝶衣飘缬。露沁珠莹，尚依约啼痕暗结[二]。又东风、满苑簌簌，偃绛雪。

【评析】
是包含着一桩哀感顽艳的故事。

【校记】
[一] 宫　底本作"客"，据《昙影楼词》（P.188）改。
[二] 痕　底本作"恨"，据《昙影楼词》改。

整理征引文献

唐圭璋编：《全宋词》，中华书局1965年版。

饶宗颐初纂，张璋总纂：《全明词》，中华书局2004年版。

南京大学中国语言文学系《全清词》编纂研究室编：《全清词·顺康卷》，中华书局2002年版。

张宏生主编：《全清词·雍乾卷》，南京大学出版社2012年版。

黄燮清：《词综续编》，上海中华书局1912—1949年校刊本。

林葆恒辑，张璋整理：《词综补遗》，上海古籍出版社2005年版。

陈去病辑：《笠泽词征》，张夷主编：《陈去病全集》，上海古籍出版社2009年版。

徐树敏、钱岳辑：《众香词》，清康熙二十九年 (1690) 锦树堂刻本。

徐乃昌编：《闺秀词钞》，清光绪间小檀栾室刻本。

顾宪融编：《红梵精舍女弟子集》，1928年铅印本。

沈宜修:《鹂吹》，叶绍袁编，冀勤辑校:《午梦堂集》，中华书局 2015 年版。

叶纨纨:《愁言》，《午梦堂集》。

叶小鸾:《返生香》，《午梦堂集》。

叶绍袁辑:《彤奁续些》，《午梦堂集》。

商景兰:《商景兰集》，李雷主编:《清代闺阁诗集萃编》第 1 册，中华书局 2015 年版。

朱中楣:《朱中楣集》，《清代闺阁诗集萃编》第 1 册。

徐灿:《拙政园集》，《清代闺阁诗集萃编》第 1 册。

顾贞立:《顾贞立集》，《清代闺阁诗集萃编》第 2 册。

钱凤纶:《古香楼集》，《清代闺阁诗集萃编》第 2 册。

席佩兰:《长真阁集》，《清代闺阁诗集萃编》第 4 册。

吴琼仙:《写韵楼诗集》，《清代闺阁诗集萃编》第 5 册。

王倩:《问花楼集》，《清代闺阁诗集萃编》第 5 册。

赵棻:《滤月轩集》，《清代闺阁诗集萃编》第 6 册。

熊琏:《澹仙诗词集》，《清代闺阁诗集萃编》第 6 册。

庄盘珠:《秋水轩集》，《清代闺阁诗集萃编》第 6 册。

袁绶:《瑶华阁集》，《清代闺阁诗集萃编》第 7 册。

吴藻:《吴藻集》，《清代闺阁诗集萃编》第 7 册。

左锡嘉:《冷吟仙馆诗稿》，《清代闺阁诗集萃编》第 8 册。

徐自华：《徐自华诗词集》，《清代闺阁诗集萃编》第10册。

郑兰孙：《莲因室诗词集》，胡晓明、彭国忠主编：《江南女性别集二编》，黄山书社 2010 年版。

王韵梅：《问月楼遗集》，《江南女性别集二编》。

宗婉：《梦湘楼词稿》，胡晓明、彭国忠主编：《江南女性别集三编》，黄山书社 2012 年版。

季兰韵：《楚畹阁集》，《江南女性别集三编》。

钱念生：《绣余词草》，《江南女性别集三编》。

俞庆曾：《绣墨轩诗词》，《江南女性别集三编》。

张缙英：《淡菊轩初稿》，胡晓明、彭国忠主编：《江南女性别集四编》，黄山书社 2014 年版。

沈静专：《适适草》，胡晓明、彭国忠主编：《江南女性别集五编》，黄山书社 2018 年版。

钟韫：《梅花园存稿》，《江南女性别集五编》。

孙荪意：《衍波词》，徐乃昌辑：《小檀栾室汇刻闺秀词》第 1 集，清光绪二十一年至二十二年（1895—1896）南陵徐氏刻本。

沈善宝：《鸿雪楼词》，《小檀栾室汇刻闺秀词》第 1 集。

曹慎仪：《玉雨词》，《小檀栾室汇刻闺秀词》第 1 集。

苏穆:《贮素楼词》,徐乃昌辑:《小檀栾室汇刻闺秀词》第2集。

江瑛:《绿月楼词》,《小檀栾室汇刻闺秀词》第2集。

赵我佩:《碧桃馆词》,《小檀栾室汇刻闺秀词》第3集。

陈嘉:《写眉楼词》,《小檀栾室汇刻闺秀词》第3集。

钱斐仲:《雨花庵诗余》,《小檀栾室汇刻闺秀词》第4集。

关锳:《梦影楼词》,《小檀栾室汇刻闺秀词》第4集。

许德蘋:《和漱玉词》,《小檀栾室汇刻闺秀词》第4集。

陆蒨:《倩影楼遗词》,《小檀栾室汇刻闺秀词》第4集。

唐锟贞:《秋瘦阁词》,《小檀栾室汇刻闺秀词》第5集。

陆蓉佩:《光霁楼词》,《小檀栾室汇刻闺秀词》第5集。

濮文绮:《弹绿词》,《小檀栾室汇刻闺秀词》第5集。

陶淑:《菊篱词》,《小檀栾室汇刻闺秀词》第6集。

储慧:《哦月楼诗余》,《小檀栾室汇刻闺秀词》第6集。

鲍之芬:《三秀斋词》,《小檀栾室汇刻闺秀词》第7集。

汪淑娟:《昙花词》,《小檀栾室汇刻闺秀词》第7集。

邓瑜:《蕉窗词》,《小檀栾室汇刻闺秀词》第7集。

葛秀英:《澹香楼词》,《小檀栾室汇刻闺秀词》第8集。

刘琬怀:《补栏词》,《小檀栾室汇刻闺秀词》第8集。

张玉珍：《晚香居词》，《小檀栾室汇刻闺秀词》第 8 集。

许诵珠：《雯窗瘦影词》，《小檀栾室汇刻闺秀词》第 8 集。

曹景芝：《寿研山房词》，《小檀栾室汇刻闺秀词》第 9 集。

李道清：《饮露词》，《小檀栾室汇刻闺秀词》第 9 集。

张友书：《倚云阁词》，《小檀栾室汇刻闺秀词》第 10 集。

缪珠荪：《霞珍词》，《小檀栾室汇刻闺秀词》第 10 集。

沈鹊应：《崦楼词》，《小檀栾室汇刻闺秀词》第 10 集。

王淑：《竹韵楼诗词》，肖亚男主编：《清代闺秀集丛刊》第 28 册，国家图书馆出版社 2014 年影印清道光二十五年（1845）刻民国十三年（1924）重印本版。

许珠：《萱宧吟稿》，《清代闺秀集丛刊》第 34 册，清咸丰七年（1857）古铜里范氏刻《吴江三节妇集》附录本版。

蒋英：《消愁集》，《清代闺秀集丛刊》第 53 册，清光绪三十三年（1907）刻本版。

屈蕙纕：《含青阁诗余》，《清代闺秀集丛刊》第 60 册，清光绪间刻本版。

顾太清著，金启孮、金适校笺：《顾太清集校笺》，中华书局 2015 年版。

李保民校笺:《吕碧城集》,上海古籍出版社 2015 年版。

谷辉之辑:《柳如是诗文集》,上海古籍出版社 2000 年版。

陈小翠著,刘梦芙编校:《翠楼吟草》,黄山书社 2010 年版。

袁希谢:《寄尘词稿》,《南社丛刻》第 1 集,江苏广陵古籍刻印社 1996 年影印版。

近贤女士:《香艳笔记菁华》,新民书局 1935 年版。

丁宁:《昙影楼词》,《词学季刊》1933 年创刊号。

陈家庆:《碧湘阁词》,《词学季刊》1933 年创刊号。

曹操著,中华书局编辑部编:《曹操集》,中华书局 2018 年版。

李延寿撰,中华书局编辑部点校:《南史》,中华书局 1975 年版。

魏泰著,李裕民点校:《东轩笔录》,中华书局 1983 年版。

沈季友:《檇李诗系》,上海古籍出版社 1985 年影印四库全书本。

张惟骧:《清代毗陵名人小传稿》,常州旅沪同乡会

1944 年铅印本。

胡文楷编著，张宏生等增订：《历代妇女著作考（增订本)》，上海古籍出版社 2008 年版。

龚肇智：《嘉兴明清望族疏证》，方志出版社 2011 年版。

李真瑜：《明清吴江沈氏世家百位诗人考略》，安徽教育出版社 2014 年版。

徐侠：《清代松江府文学世家述考》，上海三联书店 2013 年版。

徐雁平：《清代家集叙录》，安徽教育出版社 2017 年版。

马兴荣、吴熊和、曹济平：《中国词学大辞典》，浙江教育出版社 1996 年版。